金色的星星

赵　琼◎著

中国言实出版社

图书在版编目(CIP)数据

金色的星星 / 赵琼著 . —— 北京 : 中国言实出版社,
2022.6

ISBN 978-7-5171-4199-0

Ⅰ . ①金… Ⅱ . ①赵… Ⅲ . ①诗集 – 中国 – 当代
Ⅳ . ①I227

中国版本图书馆 CIP 数据核字（2022）第 106341 号

金色的星星

责任编辑：王蕙子
责任校对：郭江妮

出版发行：中国言实出版社

地　　址：北京市朝阳区北苑路180号加利大厦5号楼105室
邮　　编：100101
编辑部：北京市海淀区花园路6号院B座6层
邮　　编：100088
电　　话：010-64924853（总编室）　010-64924716（发行部）
网　　址：www.zgyscbs.cn　电子邮箱：zgyscbs@263.net

经　　销：新华书店
印　　刷：北京温林源印刷有限公司
版　　次：2022年9月第1版　2022年9月第1次印刷
规　　格：880毫米×1230毫米　1/32　8.25印张
字　　数：150千字

定　　价：49.00元
书　　号：ISBN 978-7-5171-4199-0

《序》

峭岩

假若你的心被面前的诗句震撼了，假若你的眼睛被无名泪浸湿了，假若你平静的天秤被击碎了，假若你的惯性思维被瞬间颠覆了，那就是诗的力量。

可以这么界定赵琼的军旅诗，它是烈火熬煮后的精气，是历经后醒着的真思想。它不重复战争的旧影像，但给予我们的是和平环境下的沉淀了的光芒。

我是在旅途的间隙中读这一大组诗的，就在此间积累的劳顿、疲惫、懒散的情绪却被一扫而空。当我走进这片诗的领地时，我不愿走出来，于畅快淋漓的徜徉中，受到别样诗意的洗礼。是的，严肃地说，赵琼的军旅诗已抵达一番新天地，他的诗严谨与力度共存、形象与意境共存、语言与诗意共存，总是呈现出干净、利落、爽朗、铁血，又富有哲理的诗意气象。

他笔下的军营风景，是历史的再现，同时又是整合了的诗意再造。对英雄的定义，对英雄的崇拜，无疑是军人的最高信

1

仰。"无论多么偶然，那些花，一定会绽放于，群山之巅。"这无疑是英雄形象在军人心目中的定格，是任何力量也撼动不了的信念。

我是说，军旅诗人的诗意精神完全渗透在他的人生中，是他的全部，而无一点空白。纵览赵琼的诗，他笔下的花朵无一不扎根于军队这片热土，以至绽放着火红的芳香。十五的月亮在诗人笔下已是："所有的树叶，都像月光一样普照，它们都在秋风里振翅，姿势，完全类同于一群，归巢的鸟。"而军演，"明明知道，山的顶端，什么都没有，仍还一个接一个，往前冲。像那只没有猎物的鹰，翱翔在长空。"负伤归队的女兵，"河水在流，她的血像河水，也在流。枪在她的手上，像青山握着的那些树。一场雨来，将她体内最后一滴血，像她无数次扛起的那面旗帜一样，及时地扛起。"……

这些浸染着生活浆液的、又充满军味的诗句，足以征服一颗颗平静的心。

目 录

第一辑　使命的巅峰

第四辑　战场之上

第七辑　战地写生

第一辑

使命的巅峰

想去送送老兵
送一送我的弟兄
只因我在哨所
肩上责任更重

我是一粒子弹，随时待发于忠诚的枪膛

总有旭日

将我持枪的身影入画

将我的汗水以及曾经结霜的头发

将我一眨不眨的双眼

将我因匍匐而磨掉的

一层又一层的厚茧

一笔一笔地画在了

以枪为主体的背景之中

我在移动中坚定

在坚定中移动

将责任和警惕，统统以一颗子弹的

形态和禀性，不眠于

忠诚的瞳孔

我知道，不是所有的闪电

都能分蘖成那一声濯浊的雷鸣

不是所有的风

都能合奏出悲壮抑或安魂的歌声

不是所有的子弹和我，都能

以爆破或穿透的姿势去战胜邪恶

但，我知道，就算把我定位成
一片树叶
我也要尽可能地去丰盈
自己的每一缕脉络
让肥绿或者是金黄
去镀亮树身以及枝干们
应有的尊严和生动
……

不说日复一日的孤寂
也不说年复一年的乡情
不说昙花的短暂
也不说悠长的青松
我只是一名持枪的战士
或者就是枪膛之中的一粒子弹
所有的心事与梦境
都与长天之上的圆月
繁星相关
关乎着一条河水的清澈
一缕炊烟的恬静
并努力使自己日子里的每一秒
都将忠诚的根须，延伸出
担当的血性，与火光并行

《空军报》2017.07.25

送战友

站在风与山的肩胛上，看秋
你我都知道
那簌簌的白雪，正隐藏在
秋天，我俩谁都看不透的
收获的身后
此刻，秋叶与秋阳，已携手
化成了季节屋前的
一棵又一棵老树
无须细数它的年轮，只要一个
父亲的称谓，一切的守望
都会显得，那么心满意足

望着金黄的落叶，一行一行
变成，驮着长天南飞的雁影
我问："当所有的庄稼被收割，
所有的果实被收获。这就是秋么？"
"不！这不是秋的全部。
秋，还包含着孕育和成熟……"
你掸了掸已卸去了肩章和领花的
军装上的尘土

说完了这句话，对我挥了一次手
又挥了一次手

《人民武警报》2020.01.26

写在秋天的独幕剧

当秋天

以飘落和收获的方式

通过站哨的岗台

一定就会有

留恋的脚步和身影

一层一层地

与军营相依

一定还会有泪水

和衣袖挥动时掀起的风

将钢枪以外的细节吹掉

一定还会有深情的注视

一层一层地拭去

粘在刺刀脸颊上的层层稚嫩

而尽透刚毅……

剧情至此

可以这么说

这就是全剧的高潮

至于秋风和落叶

至于泪水和汗水

全都可以作为画外的元素

一起被省略

只让哨所与钢枪

引导着挺拔的背影

和卸去了所有佩饰的军装

一起走出军营的大门

然后，再将所有

从奉献的地头长出的颜色

以每分钟 110 步的行距

以白鸽子盘旋的笔法

将太阳和月亮　写进

忠诚的日记……

《人民武警报》2020.01.26

想去送送老兵

想去送送老兵
送一送我的弟兄
只因我在哨所
肩上责任更重

想去与你握别
握一握惜别的伤痛
只因钢枪在肩
手就不能放松

想去与你对视
看一看无悔的离情
只因更远的天空
需要警惕的眼睛

想去送送老兵
久久凝望着星星
只因对于你我
它才能读懂心声……

2018 年《中国新诗》（歌谣卷）

炸桥
——题一幅有关革命英雄主义的宣传画

糊这张画的糨子有些老了

已经拽不住墙

也扛不住从窗户和门

以及从翘了的木梁

与垒墙土坯的缝隙中

吹进来的风

忽闪忽闪的样子

使画和画的内容都有了

动的冲动

炸药包

高高地被英雄举过了头顶

拉线的火花

在英雄的手掌和手臂处

与英雄一样怒目圆睁

……

只有那隐藏在画与墙之间的糨子

才能真正体会到

时间有多么无情

也只有画知道

无论是悬挂还是脱落

任何一个为了信仰的生命

都会在千年的跨越中

得以永生……

《海燕》2017 年 8-9 期合刊

想起了延安的一盏灯

曾经，有一盏灯
亮在延安的一眼窑洞里
和一根不知疲倦的香烟
以及满天的繁星
照耀着一个国家的前程……

夜夜，也不管是有风无风
灯，都会将身姿
袅娜在一首诗词之中
以一个方言很重的韵脚
将黎明和朝霞的颜色
定格为一面旗帜的雏形
但最多的时候
灯都以一个
扳着手指的姿态存在
将战争，农民，粮食
以及与一把辣椒有关的主义
召集在一块方桌筑成的操场上列队
场地是小了一些
即使是小心翼翼的步履

还是震惊了整个世界……

于是，跳跃着的灯花
与一根香烟和一把辣椒的温度
把一个雄鸡形的版图
暖得通红通红……

无论岁月如何流动
这一盏灯
都会在一种感激中永生
并与日月星辰一起
启迪一个民族，向往腾飞的
心瞳……

《空军报》2013.12.25

携枪，以花和叶的姿势让祖国梦圆

　　树，有一个心愿
　　总想让所有的花和所有的叶
　　时时都在自己的枝头灿烂

　　枪，有一个心愿
　　从来也不想　让那一缕轻烟
　　萦绕在自己的唇间

　　父亲，有一个心愿
　　任由一副沉重的扁担
　　在山路间盘旋
　　也得让他的子女们走向边关

　　母亲的心愿比谁都简单
　　她只想让自己柔软而博大的
　　怀抱里的河流更像河流
　　山川更像山川　海洋更像海洋
　　草原更像草原
　　即便是有一缕不慎走失的风
　　她也会敞开衣襟　不停地摇响

唤儿归来的风铃　燃起一柄
能照亮游子归程的灯盏……

花和叶　也就只有一个心愿
即使落地化泥，也绝对不会走远
时时，都会守着根系的土地
守候在年年　雁影掠过的地头
期待着春风的一声号响
再与一场场的春雨和一轮轮的艳阳为伍
去精心装扮树的满身繁华以及笑颜

其实，我们就是祖国的枝头
长出的一朵花或一片叶
不分季节和昼夜　以立正和正步的方式
让热血和汗水　让一双警惕的眼和
一双握枪的厚茧　让一粒又一粒的子弹
与岁月一起　流成一泓泛着黄色的血液
汩汩不息地　滋润祖国的枝杈和年轮
在风和云的交替中　无限伸延……

《解放军报》2016.03.07

大安，祖国

与一群飞翔的白鸽和一簇怒放的梅花
一起 伫立在苍天与苍山拥抱着的峰巅
枪与风 以及太阳抑或星星和月亮
总与一片视野中的安详相关
关乎一个小屋一座城市甚至只有在心里
才会想象完整的一张版图 以及
这张版图里那一缕袅袅的炊烟……

一天一天，总会有朝阳或夕阳
将我持枪的身影渲染
一年一年，总会有一面旗帜
在我的身边猎猎如雁
夜夜，总会有山涧风与流水的吟咏
让我的乡思 和子弹一起
蕴藏于一块叫做枪膛的地头
凭借一颗心脏和一双手掌的温度
以橄榄枝条和五谷新芽的形态
一节一节地长成 故乡金秋富庶的场院

今夜是除夕。明天就是新年

与这塞外的边关相拥着 遥想

同样被白雪覆盖着的家园

每每这个时刻 总会有

铿锵的号子和铿锵的歌声如画刀

一层一层地用警惕将界碑的线条砌琢

总会有白雪的画布 等待四季的油彩

将扳机、准星和枪托的部位重点着色……

当枪，在一群又一群鸽子和一簇又一簇

梅花的注视中 听懂了鹰与白云引擎的轰鸣

就会有祝福在忠诚的呵护下 走进一幅幅

喜庆的年画 在一个城市或小镇的街头

与满目的窗花和一副鲜红的春联 一起

守在千家万户炕头的一畔

与一丛丛蓝色的火苗 合掌许愿：

让母亲的甜梦 安卧

在不远处守候着的春天……

此刻，我就像是一枚

被母亲放在门前的一枚大红色的炮仗

渴望着 老家灶间的一簇火苗

好让我 再把无数成为烈士的战友们

喊过的那一句名言 一字一字地

以当阳断桥的语式 再喊一遍……

《解放军报》2016.10.10

我的失眠，与故乡的秋天相关……

月光总与时光合谋，让我的思维

在故乡的山水之间翻覆

一簇花开，一朵花谢

一阵轻风，一声鸟鸣

总将粒粒黄土和粒粒汗珠

一颗一颗，排成崎岖的山路

蜿蜒在我，被一支钢枪

依偎着的床头

总让千里之外的那个山村

浓缩成，飘摇在枕边的

一幅挂图

让一双，眺望夕阳的泪眼，婆娑成

一泓，山泉的倾诉……

总有麦浪和蝴蝶一起穿梭。总有

伏首的黄牛，拽动我枕在头下

仍还攥着子弹的左手和右手

总有山花和秋草随风，让我的眼帘

如种子，在欲开还合

欲合还开的挣扎中，一层一层地

发芽，破土……

失眠，是一双刚放下钢枪
又总想伸向故乡的手
总想在秋天，去将那个负重的身躯
在陡峭的山路上，进行搀扶……

《人民武警报》2020.01.26

军装，是一片神秘的土壤

一副被军装定过型的身板
必定会被铸成一根特殊的栋梁
即使并不完整的四肢
一样能站成一堵御风的城墙
即使不能发音的喉咙
人们也一样能听懂那忠诚的吟唱
就连那一双
已不能分辨颜色和昼夜的双眼
一样能够读懂　一群盘旋的白鸽
是怎样驮着朝阳飞翔

不要问这是为什么
军装就是一片特殊的土壤
即使长出的是一簇花朵
所有花朵的头颅
也都是向着太阳的方向生长
即使长出的是一片秋末的黄草
瘦劲的挺拔
也会让那秋风少一分张扬
就算这土壤里长出的

还是一粒土

但这土，与其他的土也不尽一样

筑城堆山

让一畦被叫做河山的地方

永不荒凉

所以说，军装

本身就是一个炽热的炉膛

让泥土成砖瓦

让石头成干将

让一颗又一颗靠信仰而搏动的心脏

列成一排又一排以"人"为形的阵行

于年年春和秋

为播种和收获巡航……

《人民武警报》2020.01.26

一个战士的报国梦

如果，我的梦想是绿色的
我就是茂盛在您地头的一茎小草
如果，我的梦想是白色的
我就是游弋在您怀抱里的浪花一朵
如果，我的梦是蓝色的
我就是您头顶上的一抹长天
如果，我的梦是红色的
那我一定就是朝霞或晚霞
映照着的红旗的一角

我用绿色装扮您一年四季的悠悠牧歌
我用洁白衬托您的安宁与祥和
我用蓝色书写您的博大与辽阔
我用红色描绘对您的赤诚和执着

如果，我的梦是凝固的
我就是您山峰上的劲松一棵
如果，我的梦是流动的
我就是您怀中的一条长河
如果，我的梦长出了翅膀

我就是您头顶上的一只雄鹰
如果，我的梦里全是健硕的腿脚
我一定会背负着您的梦想
追着夸父奔跑

我用瞭望的身姿为您放哨
我用蜿蜒的笔墨写您的春色
我以飞翔的旋律为您起舞
我以果实的甘甜报答您的辛劳

其实，我的梦是弧形的
关乎着您的每一次日出与日落
我的梦是方形的
关乎着您的每一畦水田和每一条阡陌
我的梦是圆形的
关乎着您的每一个笑脸
其实，我的梦就是
子弹从枪膛到目标的那个直线一条
关乎一个战士用怎样的奉献
来报答您—我的祖国……

《解放军报》2015.04.13

聆听一粒子弹所吟的诗句

我知道，五谷和花草
都是我的一奶同胞
我与五谷一起
身上裹着泥土的胎衣

五谷供养着人的生命
我与善良的人们
站在正义的地头
守护着生命、和平以及五谷生长

我知道，我是一粒子弹
既然着盘于钢枪的腹部
就应该属于
捍卫和平的硝烟
只有枪膛和一根食指
才能将我的一生 带到
使命的峰巅……

但，我愿躺在阳光明媚的风中
让满腔的火药

全都变成节日的礼花
绽放在乡村的屋顶或城市的街头
让我的头颅被人们压成
一层又一层垂钓欣喜的铅坠
让弹壳里所有的铜
全都捧在孩子们的手心
去追逐那个换糖的老人
或被做成一柄特大号的马勺
与泉水一道
去反哺大地上那道干涸的裂痕……

我是子弹
断头和出击
是我一生的责任
但我更渴望
永远在静默里生存
或与五谷一起
再回归大地

原刊于《海燕》2017 年 8-9 月合刊，此略作修改

与一面旗帜的对话

在这个崭新而又幸福的时刻
朝霞将我的翅翼镀成了红色
与一面面旗帜遥相呼应
火炉前的安详
与江山同歌

在这崭新而又庄严的时刻
白鸽子的翔迹葳蕤而辽阔
我以鸥的姿态
看千里冰封
遥想雪后的花朵

在这个崭新而又神圣的时刻
我与战鹰在云天间巡逻
为了雄鸡形状的祖国图腾永驻星河
我让自己飞得更高一些
更稳一些……

原刊于《解放军报》2018.10.01，此略改

擦枪

与时光一起擦枪
绒布和掌心
与枪一起 锃亮
天长日久
枪膛 就像是我们
喊号子时的嗓门一样
深情而且粗犷
枪栓和扳机
被反反复复地矫正成
一位标兵的模样

擦枪，不只是为了
使命意识的培养
枪与擦枪人的心事
高度统一 都想着怎样
用正义去经营安详

当擦枪的双手与枪一起绽放
桂花的清香
让一幅草书的江山淳厚而又绵长

和平年代，冲天而起的火光
是除夕或节日特定的肖像……

原刊于《解放军报》2015.04.13，此略改

战士短章

1

一天，又一天
磨刀与擦枪
如同一日三餐
只有在梦里
或一个瞬间
刀与枪，才会以山花的形象
茂盛在老屋守着的地头
或守着老屋的山涧

2

每一次听到"立正"的口令
就会想起那一株
让父亲哭过也笑过的红松
父亲，曾将他的父亲埋进了
那株红松的根须扎不到的黄土深处
后来，还是那一棵红松

与父亲一起，撑起了
老屋已经挡不住雨的屋顶

3

每一次早操
都是让战士感到无比骄傲的时刻
每一个举手投足的动作
都伴着朝阳热烈的心跳
枪依着他的后背
或在他的手中紧握
匀称或急促的喘息
就像是山泉
测试着峡谷的深度
它在聆听一个战士
如何忠诚爱着自己的祖国……

原刊于《海燕》2017 年 8-9 期合刊，此略改

我想往更高的地方飞

我想飞得更高

只要是祖国需要

我想飞得更远

只要是母亲期盼

责任，是我搏击长空的羽毛

梦想，让我的翅膀

无限地生长

强劲，有力，丝毫不拖泥带水

我自大地而来

长空是我唯一的阵地

我会飞翔，随日出展翅

却有别于鸟类

日落不栖

即使是在短小而飘忽的梦里

警觉和捍卫

也会与星斗携手而立

一滴水花的绽放

或一丝微笑的舒心

都会被恰到好处地植入

我优美的航迹

长出江山锦绣

长出山河妩媚

长出繁荣昌盛

长出安详惬意

长出无限强大的版图

在由黄色与红色织就的旗帜上

熠熠生辉……

《空军报》2015.10.01

第二辑

不屈的骨骼

我用目光抚摸着你的墓碑
碑文，是后人
写给我们这些后人
一定要铭记的一些文字

一颗子弹的梦想

我宁愿一生沉默

如年年深冬的山坡

我宁愿暗哑一生

如岁岁十月的稻壳

假若让我凋落

我愿做深秋地里

那一粒炸落的豆子

或一枚坠地的松果

默如春雨或雪花

用细腻和洁白

绣织抚养我的山河

您若要我妩媚

我愿是雪峰之巅的那一株雪莲

或是江南湖畔的翠绿一抹

把江山渲染　让万物祥和

若您要我磅礴

我愿是那一条被暖阳

破冰的大河

气势若虹　震山撼岳

奔流千里万里不歇
去浇灌一副不屈的骨骼

我是一粒子弹
属于，却从不追逐那硝烟味道
自始至终，梦想着自己的一生
与同样来自于泥土的麦子或谷粒
属于一盘石磨
让或白或黄的粮食
哺育生命，永恒如歌……

《解放军报》2015.04.13

寄语一块优秀的墓碑

是迎接清明的这一场细雨
使我得以重新审视
脚下的这一方沃土
以及沃土之上这一座
为一颗优秀头颅而矗立着的
墓碑

这个先我而去
被叫做烈士的人
将自己的头颅作种
被深深地埋进了
他所炽爱过的土地
并与太阳和月亮一起
坚信：一个充满了信仰的躯体
一定能够长出民主
如年年的绿草一样
护土守泥
更像是一身如钢似铁的筋骨
一定能长成不屈似松
长出高洁，如万里晴空

那一抹白云……

此时，春风和煦，如酥
他的骨头与思想
仍在不停地为了葳蕤祥和而奔走
与年年的鲜花和绿草
与一面，每天都会迎着朝阳
一起升起的红旗
与一块，沸腾或静谧
且酷似雄鸡的版图
携手，行进在一汪
由主义注释过的春风里

至于果实和收获，在他的眼里
全都是过去或将来的事情
他现在，能做的一切
就是如何让现有的春天
更加葱茏
让行走安然，让纸鸢吻天
让兴旺和富强
成为一个民族的日常用语
或挂在嘴边的
一句口头禅……

我用目光抚摸着你的墓碑

碑文，是后人
写给我们这些后人
一定要铭记的一些文字
虽然情深似海
你却不拿它当回事
你常常绕过，这块纪念的石头
在美誉的四周
去美化土地的四季

是迎接清明的这一场细雨
让我得以在你的身旁伫立
是那只穿云破雾的鹰
让我知道了
我就是你，血缘至纯的后人
责无旁贷地，要挑起
这一根你赋予的
能够堆砌江山的扁担
以你优秀的头颅为模
范忠诚之翼如隼
列阵于长天或一片沃土之上
让五谷和所有的花草
统统地，都能在祥和的深处
扎下根须……

《空军报》2015.04.01

英雄

信仰的高度
永远高于英雄的头颅
并始终葳蕤在
哺育英雄以及英雄家族的
田间地头
让英雄们的一年四季
季季如春，由此而衍生的
播种与耕耘
就理所当然地成为英雄
一生应该去做的事情

闲暇时节，他便
展开矫健的翅膀
沿着一个主义的向度
不断地高飞
并让自己的躯体
长成一棵迎风而立日日深沉的谷穗
去喂鸟或者养人

与此同时，忠诚

总被英雄
不偏不倚地
置于心脏位置的正中
让心脏的每一次搏动
都能泵出
如旗帜一般鲜红的图腾
让自己生命里的每一秒
全都朝着一轮太阳飞行

英雄，没有倦卧的时候
即使是倒下
也要将那倒下的过程
化作一缕育花的清风
吹开一面旗帜，如鹰
在苍穹之下舞动

就像是土地滋养着根须
根须滋养着叶子
叶子托举着花朵
花朵孕育着硕果一样
一方水土
滋养一弯河流或一座山峰
让英雄还不是英雄的时候
信仰的红以及忠诚的热
永远在滋养着一个

不屈的躯体

让所有的黑暗和苦难

全都消失在黄昏或是黎明……

《解放军文艺》2016 年第 11 期

草鞋

起初，草鞋
并不是为了那次远征而生
它只是为了
南方的春天能尽快地
翠绿房前和屋后的每一行田垅
让冬天里的太阳
映照出每家每户那更加繁茂的炊烟
于是，草鞋度勤劳于田地之间
在乍暖还寒的季节
插秧，播种

是那一阵腥风以及那一场血雨
让草鞋不得不以种子的名义
向北方迁徙

草鞋如驼
草鞋似船
草鞋擎着一面红旗
渡江翻山
当所有的崎岖被草鞋踏平

草鞋以一泊水的清澈和晶莹

把白的雪山和布满了沼泽的草地

一路染红

在一片金黄如稻的土地上

草鞋集合起由钢铁锻成

再去锻造钢铁的锤头

以及同样由钢铁锻成的镰刀

组成了一支崭新的队伍

开辟所有的江山

全都种满

人民当家作主的粮食

当草鞋如父亲一样

作为一框思念

被我们陈列的时候

无论怎么想

我都应该是草鞋里那一根

最坚硬的骨头

传承草鞋所有的荣耀以及品行

让草鞋苍老的身躯

依然保持挺立的风度

紧紧跟随

太阳和月亮的脚步

去守护由它而生的那一幅版图……

《空军报》2015.07.14

浊漳河以及河边的那一盘石磨

2015 年 7 月 6 日晚，时值中国人民抗日战争胜利 70
周年的前夜，我陪同朱德元帅嫡孙朱和平将军一行来到了
八路军太行纪念馆的所在地——山西武乡，来到了月下的
浊漳河……

——题记

浊漳河的水其实不浊，滚滚向东
泛着清波。一个又一个漩涡像眼睛
不时地回头，望一望身边那一面又一面
被英雄的鲜血染成了红色的山坡
望一望月下，正目送它们远行的
这一盘石磨，因为朱老总亲自推过
所以，浊漳河，时不时地
就前来凭吊，雨季到来
河水们不再瘦弱，丰腴的双手
就来将石磨深情地抚摸

即便是在冬天，所有的冰
封住了河道，浊漳河
总将自己化作一袭银纱

将石磨和山坡，紧紧地拥在自己的怀抱
浊漳河记得那个人，他叫朱德
一个操着四川口音的老汉
在推着石磨研磨莜麦的同时
用同样是血肉长成的一双大手
也在转动着正义和人民这两块石头
将侵略者的尸首细细地研磨

那时的浊漳河，曾与那震天欲裂的
厮杀声一起咆哮，与山坡上的石块
一起翻滚，让鲜血的高尚去涤荡
污血的腥恶的同时，也洗出了一个民族
尊严的轮廓……
与此同时，这盘石磨和推磨的人
一刻也没有停歇，用并不洁白的莜面
与河水一起，养活了一个崭新的中国

《解放军报》2015.08.10

关于一场战事的素描

那天，天气晴好。
但仗，必须得打。
连长拔出手枪，一声号令：
"冲！"
冲上去的那个排，很快
便全体牺牲。鲜血，顺着山坡
流了下来。让所有的鲜花
失容。
连长第二次拔出了手枪，号令
还是那个字："冲！"
冲上去的这个排，也全都倒在了
刚才那个排的尸体和血泊中
……
如是者三。
……
连长起身，走出掩体
他的身体和他的枪
已被流淌而下的鲜血，染得通红。

连长迎着夕阳，一个人

跟跄着身子往敌人的阵地上走去
对方的枪炮，全都变成了哑巴
阵地，一片寂静……

此刻，一个战士的气
还没有咽完。是连长路过他身边的身影
让他，永远地，闭上了眼睛。

《海燕》2017 年 8-9 期合刊

与一树葵花相守为朋

我知道，我是一树葵花
着盘于泥土的那一刻
就注定了我的一生
要与太阳相依
任何的风吹雨打
任意的阴霾浓雾
都不可能改变我的头颅
追随太阳的向度
不偏不倚，不差毫厘。

即使是到了黑夜
我的头颅也要低向土地
因为，我知道
在地球的另一端
太阳，正在那里冉冉升起。
即使是到了深秋和寒冬
我被作为一颗普通的食物
与五谷一起去供养生命的同时
仍不忘砺痴心为种，与山川一起守候
春天地头的那一垅热土

不急不躁，赤诚满腹……

与一树葵花相守为朋
天长时久，葵花，让我的意识更加清明
断头和献身
是战士和葵花共同的使命
只要是旗帜迎风
金色的锤头和镰刀
便是战士心中，永远的图腾……

《空军报》2015.07.31

枪魂

其实，子弹脱膛的那一刻，拿枪人
已经死去。枪声和蝉鸣
被秋天最后的那一阵风，出卖
给了一层
薄而锋利的冰。
残菊在风中摇摆，像是枪与拿枪人一起
倒地时，那"扑通"一声，嵌入
大地的身影

战袍，最终，还是被冬天俘获
并被风撕成战旗
挂在如枪一样孑然
的树梢

有风再来，所有如枪一样
的树，全都发出子弹脱膛时的呼啸
让行走
趔趄、匍匐、卧倒
掩护
幸福的大军，在枪的身上

列队

走过……

《*海燕*》2017 年 8-9 合刊

一个战士想说给祖国的话

自从穿上军装

就一直，尝试着

能长出哪怕是一根

能飞的羽毛

能像雄鹰一样

一声长啸

就能集合起漫天的云朵

点缀版图，以及版图之上的上苍

于是

队列里，我与大地结合

训练时，我与钢铁结合

哨位上，我让枪口与目光

采集所有的日月之芒

让信念和语言的硬度

在忠诚的砧子上

淬火为钢。

但，更多的时候

我还是想念我的村庄

时不时地，就想用硝烟的味道

来置换养活生命的口粮

我用队列的方直，使稻田规整

我用汗水的蜿蜒，让江河激荡

我用目光的坚毅，使高山屹立

我用触地地颤的步履

让我的祖国安详

即使是在梦里

我也想着让我和子弹

与同样来自土地的果实一样

甘甜饴口，静置飘香

在十月，让祖国在我生命的地头

来收获，和平满仓

《解放军报》2016.03.07

只想做祖国蓝天上的一只鸟

既然，选择了翅膀和羽毛
去做一只鸟。高飞
就成了一生之中
最主要的动作。翅膀的质地
要么，坚硬似钢，要么
轻柔如风。如春夏秋冬
一年四季中，所有的风景

在天与地之间，靠着翅膀
周而复始地耕耘、播种和收获
幸福和安详，便成了活着的
唯一目标
每一次振翅，每一缕翔迹
每一粒汗水，全都
依着大地的心意
蜿蜒在天际。并尽可能
让每一缕，能划破乌云的风
来磨砺被赤诚养大的血性。

只想做祖国蓝天上的一只鸟。

只想做那只巡天的鹰

靠信仰之风，让责任的颜色

像春天一般明媚

像夏天一样奔放

像深秋一样金黄

像白雪一样明朗

像一行"江山腾飞"的草书

在苍穹之下，屹立、凝重……

《空军报》2015.11.11

一只雄鹰的七根肋骨

第一根：使命。
这是雄鹰身上，唯一
会做梦的骨头
常常会在栖息的风中
牵出老屋旁边的那一口水井
以及绕着老井的那一蓬紫藤

第二根：本领。
既然生身为鸟，就要如风一样
战斗在天空。风雪雷电
春夏秋冬，淬生肋骨湛蓝如羽
如钢重生

第三根：警醒。
除了振翅，最多的时候
我都是伫立在青山的头顶
哪怕鼠蛇有一丝响动
也逃不过我这一双
不眠的眼睛

第四根：坚定。
首先，这一根肋骨的颜色
与众不同。它的翠绿
不亚于青松。它位于雄鹰
的腹部。让所有的雪白和花红
全都茂盛在贫瘠或肥沃的土地
甚至崖缝

第五根：乡情
年年秋天的那个晚上，总有
十五的月亮，将家乡的场院
镀成金黄。我的一根肋骨
化成了笛子的七个圆孔
与守着一坡稻谷的熏风
一起，轻轻地吟咏

第六根：血性
从不嗜血。有时甚至鄙夷血的膻腥
但血的炽烈，总在心的底部升华
纵然挑衅似冰，也要在冰上
打出橙色的火星

第七根：赤诚

只因常年，都是追随着霞光
盘旋、俯冲。这根肋骨的翔迹
也与光一样透明。天长日久
这根肋骨，也就长成了一面
缀着五颗金星的红旗的身形

写完雄鹰肋骨的七种颜色
一架战机，轰鸣着
穿过了云层
一座虹桥，在鹰翼之巅
不厌其烦地，摆渡和平……

《解放军文艺》2017 年第 8 期

战神

一杆长在和平地头上
倔强的钢枪
像一株被太阳吻红的高粱
像一棵青松迷恋山峰
执着的根须扎下
它不会委身
任意方向的来风

战神走过时空的瞬间
像河水冲向陡峭的山涧
在卑鄙的顶点让正义归还
战刀的树杈之下，让所有的幸福
开花

我要在战神的战靴下守到天亮。
白而晶莹的雪花儿
在莺啼燕舞的春光里
在战神的肩胛上

让祥和的泪水，还沙漠为

海洋……

《海燕》2017 年 8-9 期合刊

祖国：您是一幅娘亲的肖像

我知道，今年的春节不似以往
春天，在春节到来之前
就已经丰满了，她崭新的翅膀
白雪的白，与红旗的红，正在
点缀着群山的苍茫。军营的绿
与军装的蓝，都已为所有的出征
备好了行装

静默在山巅的这个哨位上
我知道：战鹰，雷达，导弹
以及所有的高炮、长枪和短枪
都是我与责任血缘纯正的兄长
我们在捍卫的地头守护着和平
在坚韧和刚强的峰峦一旁
守护着幸福和安详

此刻，我还与一群整装待发的鹰
迎着风，目视前方
我们都像是被土地养大的庄稼
以及被和平供养着的山梁一样

期待着所有的种子，都能长成
养眼的鲜花和养人的粮仓
期待着所有的登攀，都能被谱成
极目的吟唱
与此同时，我们还一起期待着
新年的到来
期待着迎新的爆竹，在辞旧的小院
或街头，依山花铺满原野的形式
一声一声地，在天地之间回荡

您听，新年的钟声，马上就要敲响
我把自己当作一粒子弹，时时警醒于
手中这把钢枪的枪膛
无论是白天和黑夜，我都将身边的
这一面红旗，认成哺育我们生长的
惟一的太阳
在它的照耀下，我让祝福之花
在我的心头，尽情绽放——
祝福每一朵春花，都能开遍您的
每一座山冈
祝福每一波麦浪，都能在您的
每一畦田垅里荡漾
祝福每一缕果香，都能浸润您的
每一条大街

祝福每一片白雪，都能晶莹您的
每一条小巷……

此刻，祖国，作为您的一名战士
我对的您祝福太多
也太长，它需要我用自己生命的尺度
去进行考量
但，在年年新岁就要到来的这个时刻：
那幅
被我作为亲娘肖像定格在心中的版图
就会显得，愈发地安逸和慈祥……

《空军报》2017.01.28

号手与他的军号

号，已经如枪一样
疲惫。就像一个淘了一天的孩子
倦卧在，一条
断臂的崖畔。

硝烟站在弹片的肩胛
眺望。多像，亲娘
披着米香的召唤。

此刻，世界寂然。
阳光挣脱了风的羁绊，以旗帜为笔
书写流动的酣畅，以及
倒地的凛然
手法登峰造极，如狂草之枯笔
恰到好处，避开了
思念与眷恋

战争，还在继续
战斗，还没有打完
号手失去了他的右臂

号，仍被号手用左手
紧紧地，搂在胸前——
号手与军号
用彼此的心跳，在验证
他们都是彼此
前生的一半
以及，同属勇士的
那一段血缘……

《海燕》2017 年 8-9 期合刊

捍卫者语

此刻，战旗正红
阳光正好
还是想，展开我的双臂
用我的胸膛，紧贴着你的胸膛
彼此，拍一拍肩
什么都不说，就像当年
写满了誓言的集合

你一定与我一样
记得，那是一个冬天
当时的春风
就等在来年的崖畔
是一丛火一样的蜡梅
在北方的雪原，与我们头顶上的帽徽
注目相对
我们，面对面地坐了下来

一起谈论了军装和信念，谈到了
由它们抚养成人的奉献的内涵
以及外延

那天，我们站在一棵果树下
你仰首，望着天
我也仰首，望着天
一起听那一段，白雪与蓓蕾
深情的唱段
并将一柄长有六只长角
如雪花一样的琴，送到了遥远的边关
让它与我的一个亲人一起
去驱散扰梦的狼烟

后来，我们又把彼此的诗行
交给了一支长枪
交给了一直在哺育子弹的
那管枪膛，以及
让所有热血捍卫的正义凛然
在白山黑水间，清醒并蜿蜒

再后来，我们还一起，去拜谒一张
虽已泛黄　但仍怒目圆睁着的
英雄的照片，并在那张照片前
用虔诚的松枝，扎成了
一个赞美的花环
让一树桂花和一面红旗，在阵地的
地头和信仰的枝杈间
绽放如雨，飘扬若雪

铮铮似弦……

兄弟，我的好兄弟，此刻
在这个特殊的　只属于我们的节日里
我们与"八一"的旗帜一起
仰望党旗
新的征程，就铺展在你我面前
雄鹰，正在我们的头顶盘旋、召唤
勇士的战马，正在我们的身边
嘶鸣、扬鬃，蹄声四溅
出发吧，兄弟！我们一起出发
一起去，找寻壮美
一起去
驭风，一起去扬鞭
用自己从先烈身上传承而来的忠勇
来护卫一个民族
奔向复兴的峰巅

《中国艺术报》2021.08.02

先烈

只是一门心思，要
过那道坎，翻那座山
明知，那是一片岩
自己，只是一滴水
却坚信，身后
有无数与自己一样的
水滴

明知道，腥风以及血雨
不可规避
还是做了一双翅膀
去拨，蔽日的
乌云

是一粒尘土的觉悟
成就了一座江山的
屹立
是一群，长在江山崖头的人
在初春这个日子里
挺身而出
把"先烈"这个词汇

认作，自己的

名字……

《海燕》2017 年 8-9 期合刊

一个人的长征

1

他比谁都清楚，只要能跑到山的另一面
就能摆脱身后，追击的敌人
他恨不得，扔掉自己所有的骨头
并让自己的双肋生翼

在整个转移的过程中
枪，却被他紧紧地抱在怀里
与他腰间的军号
像是两把
要去开门的钥匙

2

路过一片麦田
麦子已经熟透，却无人前来收割
他独自一人用已经卷了刃的刺刀
将一地的麦子一一放倒后

又将放倒的麦子一一捆好
并在地头码放整齐
就像刚刚过去的早晨
被他码放整齐又被他掩埋掉的
那一些，战友们的尸体

3

脚的前方，已经无路可去
一桩又一桩的腿，钉在水里
与冰碴较劲
他和被高高举过头顶的那面旗帜
都想渡到河的对岸去
想与对岸的春风一起，去葱茏
荒芜已久的大地

4

有的花，在他的面前静坐
有的花，在他的身边穿行
沉思或匆匆的花蕊，都想着
结出一枚凸起的果
让一块石碑，在江山的炕头上
含饴弄孙……

《解放军报》2016.07.28

第三辑

一把好枪

那天，队伍就要从
村里开走
跪罢了爹娘和老屋
他没回头，也没张口

出征

那天，队伍就要从
村里开走
跪罢了爹娘和老屋
他没回头，也没张口
一把战刀，被他拎着
每走一步
都要在身后
一下一下地挥舞

二爷说，三爷那是在
自断后路

《解放军报》2017.02.13

血战

战斗打到最后，守军
就剩下了他一人。
最终
他以倒下的方式
突破重围……

《解放军报》2017.02.13

一场战争

有的时候，子弹，就憋在枪的喉头
就像是一场雨，挂在山的头顶
风，一动不动
像贴着扳机的那枚指头

月牙儿弯弯，漫天星斗
一棵树或一块石头
都在瞬间变换着身份
变换成一个人的敌人
或是朋友

战场上的战士
怎么看，都像是那一阵
刚刚将硝烟驱散的风
他在想着，如何才能放下枪杆
只用自己的双手
捂住夕阳，捂住西天
捂住被青山或大河剖开的那一道
溅血的伤口

《解放军报》2017.02.13

在门头沟，听到了唤我出征的阵阵战鼓

——于一场春雪后记斋堂镇"宛平抗日烈士纪念园"
里的那些树

所有过去的日子

现在看来，都有定数

就像我来到这里，想要

拜谒山水

却遇到了让人猝不及防的

一场春雪

遇到了一片守着坟茔的墓碑

以及护着墓碑的

那些树木

这些树，生长于斯

日复一日，守着墓碑

像石碑下面，住着的

一心想着要拯救中国于黑暗的

那支队伍

春天里，它们以熏风的形态

拂开种子上面

那一层又一层的冻土

像父亲，抚去婴儿胎衣的

那一双大手

夏天到来，万物富足

它们又以成长和荫凉的

姿态出现

像母亲，对她的子女们

使尽的呵护……

每当季节，像它们所期盼的那样

颗粒归仓，硕果入户

秋阳拼尽最后的力气

仍不能帮着人间，留住温度的时候

让我更加坚信

长在这里的每一棵树下

都有一位英烈

在此出入——

面对一阵又一阵的狂风

纵然，尽脱战袍

仍如生前一样

大吼一声

拔剑而出

今天，我来到门头沟的这个陵园里

春天呼之欲出，冬天

已到了尽头

一棵又一棵

孑然而立却仍在坚守着
大地的树
被一场突如其来的白雪
一片一片地凝结，还原成
一具又一具，形神兼备的
真正的脊骨

我知道，如果不出意外
这将是今年最后的一场雪
来到这里，借树的形式
祭奠故友
我站在林中，任山风如戈
仿佛听到了
唤我出征的
阵阵战鼓……

《空军报》2017.04.11

一把好枪

一切安排妥当
连长，被媳妇
包进一块包袱
挎在自己的胳膊上

五岁的儿子
抱着连长的照片
连长持枪的手臂
和瞄枪的脸庞
被相框上挽着的黑纱
全部遮挡

照片上，只有一把枪

2020 年《中国好诗》

一场恶战

战斗，从傍晚打响
我们在东，敌人在西
弹雨，密集
像一场真雨

直到把太阳打落了
把天打黑了
倒下去的那些躯体上的弹孔
与天上的星星
一一对应

战斗，在夜的最深处
出现了停顿
因为，梦被打碎
活着的人
谁也无法入睡

2020 年《中国诗界》(春季卷)

拔剑

每每到了这个时候，正义的血
就会沿着不能两全的双刃
着盘于祥和的一壁。让所有
带着体温的爱或恨，全都葳蕤于
苍穹之下的每一片丛林
此刻，该落的叶，一定都会落下
无论有雨或无雨
出鞘之旅，都会有一道飞溅的
涟漪，与之相随

2020 年《中国诗界》（春季卷）

一座营盘里的春天

一座隐于深山的营盘
生长着比大山更多的山
春天一来，每一座山上
发芽或不发芽的种籽
都会将绿色之外的各种色彩
与绿色一起悉心调和，并让
一年之中的
其他三季，都缀满花朵

四季的营盘，当然
也包括春天。
当所有的蓓蕾，甚至
一粒相思
丰满在团圆之外
丰满在白雪之前
丰满在版图之上
成熟于旷野之远的
那个时刻
生长在营盘里的
一切苦乐

都会在月亮歇过的山坡之上
坐胎，成果。

但更多的时候
一座营盘里的春天
总将营盘里所有的英勇和忠贞
全都茂盛为，一丛
带着血色的焰火
它要将自己所有的红
和所有的热
全都磨炼成一种，只能滋养
腾飞与祥和的食物
并最终将这一切
一滴不剩地，反哺给
孕育了这座江山
和这座营盘的祖国

《解放军报》2019.05.17

于都纪行

1

于都河水清，匆匆向东行
一个又一个漩涡
像一双又一双转动的眼睛
多像当年目送亲人远去的
那些姐姐们
还站在河畔
蓝天白云的倒影，总被报恩的河水
还原成她们
美丽的面孔

2

来到于都，时值大暑
静坐流汗，竟湿衣裤
而于都河畔的田野里
仍有一群又一群的农人
在侍弄着养人的土地

和养命的五谷

多像那些，紧咬着牙关

死死地拽着绳索

将北上救国的红军将士

一个一个送过河去的

那些已经苍老的榕树

在这太平盛世

仍枝繁叶茂地守着江山

并心甘情愿

为这一泓装扮江山的于都河水

护堤，守土

3

一对竹制的篓子

不能保证自己的身体

密不透风

一旦悬于使命的肩头

却能对转移的秘密

守口如瓶

那年那月的那四个夜晚

天上无月

渡口无灯

被竹篓子捂碎了的星星

又被河水，在极目的远方
——地还给了天空

此刻，在博物馆中
滕代远用过的那个
文件箩担，仍如当年
那般安静
让生活在幸福之中的人们
细细去品味
乳汁以外的那些内容

2021 年《诗刊》与江西省作协"光荣与梦想"征文三等奖，《星火》2021 年第 4 期（双月刊）

驭风的翅膀

那一年的那颗初心，诞生于
一汪水的中央。一条红色的小船上
一群人，甘愿以肉身做种
带着一粒种子对收获的向往
把人民和民族当作了自己的
一对翅膀。那时的天是黑的
梦想，却不会缺席任何一场
英雄们对光明的颂唱
所有的词曲都与天下的百姓相关
但主题只有一个，那就是——
让一个版图，与长天上的白云
一起飞翔

是啊，正是这一群
在肆虐的狂风里搏击的翅膀
才成就了这面猎猎的红旗
招展于英雄的东方
也正是那一颗初心，一直澎湃在
这块红旗呵护着的大地之上
无论是守护，还是生长

朝霞的艳红与谷子的金黄
永远都是这群人在任何情况下
都绝不会删改的
主题华章

我们是军人，更是他们手里那一根
血缘纯正的
接力之棒。我们的手中
握着的，是仍带着他们体温
捍卫和平的那只钢枪
同时，他们还赐予了我们，一对
守护祥和的铁一样的翅膀
祖国需要出征，我就是最先起飞的
那一只雄鹰
人民需要富庶，我们就是一座
可以锻钢的矿藏

像我们时不时，就要缅怀
我们的先祖一样
已然远去的先辈们，把他们
驮了一生的长城
放在了我们的肩上
并让我们知道
那些没有被挫折和牺牲
所击破的希冀和梦想

就是我们今天义无反顾的

担当

在这个金色的十月里

我们更愿

作一株会用翅膀行走的高粱

日日夜夜，我们都会

以警惕和热血做引

用憧憬和梦想

将安详、富强、茁壮等等

这一些美好的词汇，当作种籽

让它们在我们耕耘长天的航迹里

与朝霞一起，自由生长

并喷薄出像长江和黄河一样

亘古和绵长的希望

《空军报》2017.10.30，《诗刊》2017 年特刊

我在天上飞，却是为了更接近大地（组诗）

> 空中铁骑，舞动九天起风雷；国产"直"系，一树之高歼来敌。

> —— 题记

《直-10》

快速拉起，向上跃升，机身垂直……

我是祖国领空中一匹铁骑
我的自重按吨来计
我在空中，能进行三百六十度的
垂直旋转
让许多能够飞翔的鸟儿
也望尘莫及

我不是什么泊来的异类
更不是从异邦的家里
过继来的孩子。我与无数
用生命守卫着国土的将士们一样

祖国，是我的生身之母
我的父亲，也是地地道道的
炎黄子孙

我能在野外保障和在复杂战场环境里
遂行各种作战任务
我能携带空地导弹、空空导弹等多种
制敌的武器
在一树之高的空域里，我能接近目标
在隐蔽的状态下
也能应对任何的挑衅
或攻击

正是因为我的噪音小
我被军迷们称作"无声鸟"
正因为我具有高效率的
发动机红外抑制器，降低了
被敌红外识别攻击的几率
我又赢得了"树梢杀手"、"克敌神翼"等
一串串美誉

我是钢铁之身，但我属于火
我的使命是捍卫
我理所当然，属于霹雳……

《直-19》

2010 年 7 月，国产"直-19"
成功地昂首长天
2011 年，作为陆军航空兵的主战机型之一
它陆续接受了实弹演习、执行武装侦察
对敌目标实施火力打击等实战考验
在联合作战、独立作战中
它还可以遂行在昼夜之间，对敌方坦克
装甲车辆和坚固工事等目标进行攻击
为地面部队提供直接的火力支援
它体积小、灵活度高
能有效地攻击低空飞行目标
与其他型号的直升机
形成不同格局的攻击梯队
参与夺取超低空的制空大权

在诸多国产的武装直升机中
它以它的"精干"被人夸赞
因为具有武装兼侦察的功能
人们把它比作"护天之鹰"
取"巡弋之鸟"之意，写诗的我们
一直把它
称作是：祖国蓝天上的
"巡天之鸢"

《直-8B》

"直-8B"机身"腹部"宽大
可载运一个排全副武装的士兵。
"直-8B"航程可达 700 千米
最多可载运 39 人，也可以装载
同样重量的车辆或货物飞行。
如果装载 3 吨，它可以飞行
500 千米。
如果外挂 5 吨，它可以往返
100 千米的航程。

在今年庆祝建军 90 周年阅兵中
作为去年刚刚列装的新装备
18 架载重大、乘员多、速度快
大航程的"直-8B"运输直升机，载着
数百名突击步兵，超低空地展翅于
威严的阵列
接受祖国人民和习主席的检阅

它的出现，结束了我陆军航空兵
长期依赖俄罗斯"米-171"运输直升机的历史
撕下了我军航空兵依赖进口的标签

它在飞，带着祖国不可玷污的尊严。

2017 年中国作家协会《新时代歌咏》三等奖

归队

她的身后有山，山上有树
树旁，有河流
河岸上有草
草丛里有蝴蝶
蝴蝶在飞
飞在她的头上

河水在流。她的血像河水
也在流
枪在她的手上，像是青山握着的
那些树

一阵风来，树在动，草在抖
蝴蝶，时不时
隐于草丛
她想把头抬起，头颅
却被大地，紧紧地
搂住

一场雨来，将她体内

最后的一滴血
像被她无数次扛起的
那面旗帜一样
及时地扛起
像她此生，经过的
所有的跋涉和那一次又一次的
会师
顺着河水的流向
追了上去

《国酒诗刊》2019 年第 1 期

英雄和枪

夜，紧裹大地的时候
总有一些眼睛
被睡眠抗拒
就像，在一片衣食无忧的阳光下
一些翅膀
拒绝安逸

也像子弹，没有眼睛
却总能
准确地找到那个，属于自己的
弹孔
枪，被握枪的人攥得久了
彼此的身上，都会长出
各自的生命

在一座关于英雄的纪念馆里
在一把锈蚀的枪中
我看到了，一个人的身影
在一阵风吹过一座坟茔的时候

我在风中，听到了鹰啸

也听到了枪声

《解放军报》2018.04.11

红雨

既然是春天已经降临
天空，就会有春雷滚滚
在 2018 年的春天里
军营的天空，也有雷声
那就是——
"开训……"

不是因为春天的到来
军营里的迎春花才率先开放
将士们早就在立春之前
以疆界为树，以汗水为雨
以箭矢入地的形状
把忠诚的花瓣
点缀在了祥和与安逸相依着的
祖国大地
同时，他们还守在春天
已经解冻的河畔
让热血汇聚
在一幅版图之上
滋养坚定

那一圈又一圈
忠贞的年轮

此刻，战斗的翅膀
正飞翔在长天之域
它们与风一起
将每一片雪，每一滴雨
全都安上了白鸽子的丰羽
让橄榄树所有的枝条
同和平的森林一起茂密

不用谁来喊叫，是子弹
就要打出去
并准确无误
正中敌人
也不用，任何季节和时令来催
即使是在休憩的梦里
所有的枪炮，都已在责任的孵育中
成熟了所有的出击
以及捍卫

对于雨来说，雷声
就是出征的那一声号令
军营里的雨，是热的
它们，全都来自将士们的身体

在军营里，雨的颜色
也与众不同
它与朝阳和旗帜的色谱完全一致
并用稻谷和种子的本质
一层一层
为一座江山，镀上
尊严的黄金

《空军报》2018.02.09

第四辑

战场之上

总有一些子弹

要打出来

就像一些痛

会消失于一些喊声

或一些鲜血

总有一些子弹，要打出来

枪不说话
但不是哑巴
在成为枪支之前
它属于土
属于树
属于一块
金属含量充足的石头
它甚至属于
天空里的一滴水
只在忍无可忍的聚集中
让雨将天地接通

总有一些子弹
要打出来
就像一些痛
会消失于一些喊声
或一些鲜血

打完了子弹的枪
膛部炽热
从天而降的那些弹片

与一些雨
就像破窗的那些雨点
将一些盼归的烛焰浇灭
在深深的夜

功臣

战斗结束的表彰会上
因为没听从指挥
一个人，擅自炸毁敌人的一个堡垒
只能坐在台下
用掌声来祝贺
那些踩着堡垒的废墟，夺取了阵地的
英雄们

颁奖大会结束后
从台上走下来的那些首长
以及那些胸戴红花的功臣们
纷纷来到他的面前
一一地给他
敬礼……

在烈士墓前

因为火，因为火里的两条人命
他从火里出来
肢体，逐渐变冷

还是因为火
他走进了一方木盒，被
比火还要热上千倍、万倍的
痛惜和感恩
送进大地的深处
去进行降温

此后，时不时地
便有一些羽毛通红的鸟
在他的墓碑上
聚集
有一些鸽子，也来
它们离去的方向
统统向西

在祖国的西部天水

有一个王家村
那里，是烈士王英的
出生地

战场之上

在预料之外
也在预料之中
一场旷日持久的战斗
就在这么一个瞬间
得以结束

阵地上，看不见尸体
看不见弹痕
也看不见血流

硝烟如云，似雾
像一双
捂着双眼的手

他将身子附于地面
匍匐，再匍匐
像一滴，附在云间
将要成雨的水珠

夜行军

夜。在夕阳落山之后
从远方
返回
一行追赶太阳的人
并没有接受
灯火，相邀的酒杯
靠着群山和风的指引
依次
向黎明奔去

在这队人马的身后
已经低得不能再低的大地
将一位又一位母亲的
祝福
像一面又一面旗帜一样
高高地举起
让一切值得崇敬的事物
全都高于
土地的本身

对接

那些灼热的弹片，融化着
同样是来自远方的雪
一层又一层的弹壳，像他的肢体
在一点一点地，冷却
血，从他的体内流出
一股一股
与白雪混合
让一粒一粒的白
变成了一片又一片的红色

一只归来的鸟，盘旋着
再也找不到，自己的巢穴
有几柱岩冰，从崖头跌下
与他露出体外的骨茬
进行，对接

此刻，由硝烟背负而来的静谧
愈发显得，深不可测

占领

为了那些花朵，能在来年的春天
得以盛开
他放弃了开垦以及耕种
将自己的热血，与一些金属
混合在一起，让捍卫
用体内所有的热，一股一股
注入，霸凌的冰层。

为了将那面旗帜
插上那座，能够指引胜利的
山峰
在无路可走的地方
他用自己的肉体
为那些飞来的子弹
提供了，子弹所需要的弹孔

他想用战火，熄灭所有的战火
在战火之中，他想
用自己的骨头，支撑起
春天里所有的鲜花
来替代满天的星星

枪画

打完最后一颗子弹
他把枪管通红的那支枪
当做画笔，紧紧攥在手里

他在蓝天上，涂蓝
在白云上，涂白
在山头上的那面红旗上
涂红

直到，把被炮火烧焦了的山峰
一座一座地涂青
长在旗帜上的那五颗星星
一遍一遍
被他涂得，更是像秋天熔炉里的
一群又一群的收成

当他叩响了腋下仅有的
那枚手雷，冲向敌群
一场飓风中，他将自己

涂成了一只猛虎

那支灼热的枪，像一匹腾空的战马

驮着他，重新绘制森林的江湖

闪闪的红星

红色的星星，来自于天空
每一颗
都像火种
每一颗，都能触摸到
它心中的百姓

它立足于粮食
致力于复兴
总会在严冬，把那些
要开在春天里的花
一朵一朵，唤出泥土
再把江山之中
所有的山峰
一座一座地，尽数
染红

替补

对面，有许多子弹
正在打过来
身边，还有很多子弹
要打出去
纵然，扣枪的食指
已经离开了身体
但从没触碰过扳机的
中指
毅然替补上阵

就像当年，刚刚走出校园
他就被担任团长的父亲
送上了阵地

战场见闻

面对敌人设在前方的一片雷区
一向爱兵如子的王峰将军
指名道姓地让两个士兵前去探雷
一个叫门小江
一个叫刘松林

事后，才知道
那个叫门小江的士兵，是他的外甥
那个叫刘松林的士兵
是他随了母姓的独生子

一只毛色天蓝的鸟

一只毛色天蓝的鸟
总在护着小院的
篱笆墙上歇脚
母亲说：好多次
她都想靠近它，跟它
说几句心里话
却又怕把它吓飞了
只能远远地站着
看着它顾盼
听着它鸣叫

母亲说：那一只毛色天蓝的鸟啊
特像那年身着军装
执行任务，顺路回家探亲的我

写给子弹的五线谱

1

在离开枪膛的那一刻
才肯
将自己曾经的梦想
说给，誓死也要捍卫的
山河

2

一个战士手里的子弹
绝不会去接受
任何一种比喻
它与持枪的战士一样
属于纯粹

3

有一些花，像子弹

从树的胸膛纷纷穿过
站在树下，让我想到了
我的母亲，以及从她的腹部
孕出来的我

4

在阵前
我发现一些子弹
执意，要避开一些勇敢
而将胜利坦陈于
担当的双肩

5

每一颗正义的子弹，都要进入
敌人的脑袋或心脏
红旗下的战士，就要用自己的
生命，来置换更多的生命
去安享阳光

6

一看到炉火，便能让人
想起铁的滋味
迎面而来的两颗子弹

在空中相遇
仿佛渴望和解的两只酒杯

7

弹坑的边缘，坚硬
嶙峋
就像是一具
可以孕育和平的
骨盆

8

当纷纷的大雪，从天而降
静默的弹壳，如哨兵
在皑皑的雪原
纷纷睁开
一眨不眨的眼睛

9

一梭又一梭子弹
纷纷挣脱了枪膛和枪手
鲜血和鲜花，次第
绽放于
弹道的尽头

10

子弹，被一粒一粒
填进，满腔怒火的枪膛
就像随时准备捐躯的
那些儿郎，列队仰望
胜利的曙光

11

打完最后一颗子弹
枪和打枪的人一样
都像那些以身许国的好汉
裸露着炽热的胸膛
拥抱所要捍卫的江山

弹壳五线谱（组诗）

以弹壳作笔，诗写军旅情思。

—— 题记

战前动员

面对出征
旗帜和蒲公英
同样
需要
一阵风……

战士与子弹

与子弹相处的时日久了
他也像子弹一样
将所有的语言
全都凝练成一声呐喊
放在生命的终点

大风雪

战事还在进行

天上，下来一场
大风雪
掩护和掩埋
同时到来

刺刀

只有伫立于枪口，才会穷尽
钢与铁的禀赋
也只有在短兵相接的当口，才会
让生命所有的属性
归于忠诚

地雷

每次见到你，都能让我想起那个
复员了很久，又回到山深林密的村子
面部黝黑、满布皱纹
生生死死都在和土地较劲的
倔强男人

战神

在他的面前，所有的出路
都是出征。

在他的身后，不是
花红
便是血红。

送别

他的追悼会刚刚开完
一场雨来，铺天盖地。
连长说：多像他此生
洒在疆场上的，那些
血汗……

红舍利

追悼会开完后两个小时
亲属被通知，去取骨灰
除了骨灰盒
火化工还将一个包着三块弹片的手绢
捧给了他的亲人

身份

要不是火化工从他的骨灰里
扒出那三块烫手的弹片
没有人会知道，他的血液
也曾

染红过这片江山

山雾氤氲

一团又一团的白雾
笼罩阵地所在的山巅
多像故乡灶间的
那些柴烟
遮住了母亲的脸

风过万物

风，一直将哨所前的
那棵老树，当做母亲
时不时，就来理一理
她那
凌乱的双鬓

老兵

每每到了夜深人静
老兵躺下
呼吸均匀，且没有鼾声
握惯了钢枪的手
总会将一些梦境攥疼……

探亲

一堆圆形的土，立在
老屋的身后
守着，母亲的尸骨
像他守着的版图
都是曾经孕他的腹部

原刊于《解放军文艺》2018年第5期，此略作修改

探寻一根松针忠诚的脉络

营盘盘踞在大山深处
漫山的松树
簇拥着山峰，也簇拥着军营
一些树，被不断运来
在需要之处落地
在一支雄风浩荡的队伍里
扎下根须
一些人，一茬一茬
像一年一年都要离开母体的
那些松针
在群山和松林的接口处
围一片大海一样的阵地
育珍珠，也养沙砾

在群山和松林的环抱中
在每一个持枪人的眼里
松针是针，也是自己
总在月圆之夜
让大山和森林孕育的涛声
借月光之明，来缝合

失眠的裂隙，并——刺破
隐于乌云之后的
那些觊觎

在大山深处生活久了
一生都以松树为榜样的这些人
就和松树一起，把自己当作
群山的一个孩子
既然使命需要出生入死
来捍卫，就一门心思
去做专事传承的那些水滴
纵然，没有礁石的碑体
记叙所有的坚韧和努力
但始终坚信，太阳和月亮
一定会在安详的青铜上
将所有的忠贞，镌刻成
被一颗初心，反复淬火的铭文

期待

如果，在战场上
没有了出路，我将会选择
在泥土的深处
专事五谷
如果在地下，还有
需要捍卫的疆土
我还会在群山之中
去找寻那些
可以炼出钢铁的石头
和骨头

如果，如您所愿
我有幸，活到了
胜利的那一天。也绝不会
将手里的强弓，让人
当作竖琴来弹
我会用自己的余生，去植
可以制作琴身的梧桐
期待更多的琴声

将祥和与安逸的合鸣

奏给那些

先我而去的英雄们去听

战场，在祥和的倒影之中被重新命名

置身于战场之外
你所看到的战场
一定只是战场的一个倒影
你所看到的英雄
一定是一群曾经牺牲的
英雄，又在这里重生
你所看到的
那布满战地的弹坑
一定是一座高山
将要凸起的雏形

对于战士来说，战场的经历
一定是神圣事业中
不可或缺的一个过程
置身于战场这个场景之中
在需要的时候，就一定会有
英雄的无畏和血性
像一阵强劲的风，吹过战场的头顶

在让果园和稻菽孕乳或灌浆
圆满完成各自榜样一般使命的同时
最终，必定会
让所有需要捍卫的山峰
在献身的托举中，拥有
一个血统纯正的
新的命名

第五辑

雄鹰的生日

我们还用那种古老的方式
进行谈心
围着一塘火炉
谈一谈守卫，也可以谈一谈
出击

沙漠士兵

坐在一望无际的沙漠里
没有一点粮食
舍不得喝下那仅有的一些水
我知道，一个被困在沙漠里的男人
若是，再发出一两声哀叹
或掉下一些眼泪
在绝望和无助面前
也同样会显得可悲或可耻

在万万千千的沙丘中
将整个身子以及性命
交给其中的一尊
就像当年，在千万的人海之中
你选择了一杆旗帜
也选择了，跟随

一阵又一阵风
将嘴唇上的裂口
一次又一次地，扩大并加深
据说，唇纹和舌根

与心脏的距离
最近

如果可以
我们还用那种古老的方式
进行谈心
围着一塘火炉
谈一谈守卫，也可以谈一谈
出击

原刊于《安徽文学》2018 年第 12 期，此稍作修改

仰望红船

一些可以做镰
也可以做锤的铁
在一汪呢哝软语滋养的湖心
与一片又一片怒放的荷花
歃血聚义
并在以倒映晴空为己任的水里
找到了，适合播种与锻造的
模范之土
以及适合崛起、生存和繁衍
这一系列事物振翅的翔迹
本着将种植和收割的本义
还给民众这一初心
一群大无畏的人，将民生、尊严、富强等
需要仰视的元素，一一绘入
与一座江山相对称的
一册蓝图

正是因为
在这颗种子一般的灵魂里
植入了为人民服务的基因

至死不渝的信念
才被忠心和赤胆，种在了铁里
并让喷薄的光芒在禁锢中破壁
也唯有金属的硬度和坚韧
才能承托一座长城
所赋予的使命和责任

在这种景况下
江南七月的那一枚骄阳
在铸剑人的手心，将一艘红船
还原成了炽烈无比的器皿
让红色的热血和红色的火种
在烈焰之中交融
让黑暗中的苦难和腐朽
全都化成灰烬的同时，照耀山河
万年屹立

原刊于《解放军报》2020.07.08，此略作修改

细数一面旗帜的年轮

其实，当这面旗帜
在战火中，被一群人
高高地树起，它的红
就与朝霞和根须一道
尽染了这片
誓将富庶和强大
归还于人民的土地

今天，当我们安逸地坐在
一片和煦的阳光之下，细数
这面红旗蜿蜒的年轮
谁都不能忽略，那个
被一声枪响，唤醒的日子
和最终长成一株大树的真理

从那天起，"八一"——
这一对，手拉着手，肩并着肩
心贴着心的孪生兄弟
便将人民和大地
这两个毕生都在珍重的事物

与自己的生命

焊接在了一起。并一心一意

与缔造了这面旗帜的那个政党

用自己的脊梁和头颅

饱蘸捍卫的热血和汗水

将当年那一册，与民众相关的

蓝图

全都要变成，由金山、银山

以及绿水青山所组成的

与崛起的梦想，不差丝毫的

写意

原刊于《思想政治工作研究》2018 年第 8 期，此
略作修改

来自一个山村里的眺望

记得那一年秋天的故乡
比我记事以后的任何一年
都要金黄
所有能在秋天里成熟的
庄稼
全都铺满了小村的
沟沟和梁梁
对于一个歉收多年的村庄
家家户户的农人
都恨不得多长出几双手
来收回这些
可以活命的口粮
也就是在这个紧要的
关口
母亲用一只
枯瘦如柴的胳膊
挎着一筐已经成熟的玉米
又用她那另一只
也如柴草一样
枯瘦的胳膊

将我推上了一台
征兵的车辆

那天下午
天边的夕阳很大
在那开往军营的
列车上
我将晚霞里的
每一个树影
都当作是母亲
站在村口
那深情的眺望

在离小村七十多里的
一个地方
本来就有一个军用机场
总有一些战机
在那里，起飞或是归航
自从我参军的那一天起
无论是晴，还是雨
无论是闲，还是忙
只要是听到了战机的声响
母亲，就一定会
将她的目光，定格在天上
母亲后来对我说：

明明知道你的部队

远在东北

我还是忍不住

想看一看

那开着飞机的人

是不是我生下的儿郎……

后来，因军队建设需要

那个军用机场

搬迁到了外地

听不到战机轰鸣的母亲

就将她的目光

转向了飞往远方

或是从远方飞回的

那些鸟群

32 年过去

时光就像母亲一样

与祖国一起，繁衍祥和

养育富强

母亲，不再用日出和日落

这把尺子

将清苦的日月进行度量

但母亲眺望夕阳的习惯

却一直没有改

"晚霞映照着的山路

透彻，明亮。适合每一个戍人

在此刻，返乡……"

一个老兵，在军营里

写出这样的诗行时

正好，重叠了一位母亲

伫立于炊烟之下的

那幅影像

《空军报》2018.05.14

飞行（一）

我一直坚信
这个春天，你一定能够看见
我在飞

我确实在天上
并且调动了
身上所有的翅羽
我知道，我的航迹
像天上的白云一样
时时都会被一阵风
轻轻地抹去
像鲜花，就应该归于原野
是汗水，就应归于彩云
或是土地
当朝霞和晚霞铺满山河
我的血，全都会化做安详身后
那些心无旁骛的
捍卫

我在天上飞

与田野里的劳作正好应对
如果，在冬天里
你看见了我在飞
你就把我当作是
被责任植于忠诚沃土里的
那枚种子
我正像种子一样努力
以一片绿叶的姿态
将走失的春天
从白雪里
——唤回

刊于《思想政治工作研究》2018 年第 8 期，此略
作修改

飞行（二）

在冬天，任意一片
从天而降的雪花
都轻得，不能再轻
它们却要，一片一片地
往一起聚拢，以集结的形式
来装扮，一座江山的凝重

在雪原，一朵蜡梅
当然微小。它们仍要
在严寒里
一朵接着一朵地开
用执着和坚守
来养活整个春天的葱茏

在长空，我们是一只又一只
由钢铁给予了生命的
巡天之鹞
我们有雪花一样的银羽
我们的血液，与蜡梅的颜色
完全相同

在皑皑的雪域之上，我们
唯一的信念
与火和太阳同族、同种
在新年盛开的礼花丛中
以一面红旗的指向
播撒祥和的春风

此刻，我与战鹰，翱翔于一幅
版图的头顶。在母亲的眼中
我们都是祖国的一颗种子
被捍卫植于责任的田垄
时时等待一声号令，再去用忠诚
来反哺使命

刊于 2019 年 01 月 01 日《空军报》长空副刊，
2019 年 10 月 01 日于 CCTV-1《朗诵中国》、《诗刊》
青春诗会上被朗诵

传承

有人说比武，就是——
今天，你赢了我
明天，我赢了你
也有人用上升的螺纹
来进行比喻
在我们部队
团长却总将比武
说成是：炼金

"比武，就是种地
战场，就是秋季！"
这句话
是一位烈士的遗言
这位烈士
是团长的父亲。

《解放军文艺》2020 年第 12 期

回家的战马

河道里的水流已经枯竭

除了风、尘土、落叶

还有一匹，驮着一枚月亮

跑来的战马

久久地，在河道里伫立

像那个，被它驮着回来的军人

久久地，凝望着枯瘦的

柴扉

战马站在河道里

用前蹄，叩开一层又一层

板结的淤泥

仰首冲月，发出一阵

如军号一般嘹亮的

嘶鸣

不像那个归人，轻轻地推开柴扉

却不敢喊出，哽在喉头的那一声：

"母亲！"

《星星》诗刊 2021 年第 10 期

想破坏一场战争的一群鸟

一支队伍，在山腰的一片丛林里
埋伏完毕。
先是一只鸟，飞来
"扑棱"一声
落下
又"扑棱"、"扑棱"
从丛林里飞起

伴着落山的夕阳
一群鸟，又一群鸟
一拨一拨地飞来
像是一个架次，又一个架次
前来侦察的飞机

埋伏者
被一群又一群鸟
——揭露
不得不，把一枝又一枝钢枪
扛出了森林

《解放军文艺》2020 年第 12 期

我在千里之外的哨卡

我的国土，很大
但在我的心中，它总被浓缩为
一面红旗的面积
每当迎风，它的猎猎声
总能携着一片片彩云
——还原，它应有的河山
以及龙腾的身形
即使在没有风来的那一瞬
它的低垂，也努力
使自己，更像是一枚
饱满而又深沉的禾穗

我在千里之外的哨卡
想我千里之外的故乡
其实，在每一个战士的心中
故乡和亲人，都如影随形
每每夜深人静
只要在梦里喊上一声
他们都会在梦外
一声一声地，回应

隔着一条界河，我和我的战友

都是界河里一朵又一朵

从不认输的浪花

我们载歌载舞地奔走

在家园的门口，只为

亲人和国土，安详于一幅

富庶的版图

《星星》诗刊 2021 年第 10 期

英雄的战刀

烈火烧、大锤打、小锤敲
冷水淬、砺石磨
刀口，都始终紧闭
钢牙紧合
只有在咬住了敌人那一刻
英雄的战刀
才会吐出，焰火
一样的花朵

《诗歌周刊》2018.11 第 335-336 期合刊

枕戈人

冬来了，雪来了
雪花，是冬天忠诚的使者
在边关，在哨所
它们与每一个枕戈的人
——汇合
多像家乡，那一双又一双
搭在前额盼归的手
让嶙峋的形状，在一夜之间
便得以舒展和广阔

其实，雪花对冬天的忠贞
并没有枕戈人的忠诚
那般坚忍
在枕戈人的日子里
从来就没有什么四季的轮回
捍卫和出击，就是他生命的
每一个黑夜与清晨

只是在黑夜降临以后
枕戈的人

从不会解甲入睡
他将植于心头的那些霞光
以及枕下的那簇焰火
时不时地，就捧出哨所
以映照江山的苍茫
以及苍茫之下，覆盖着版图的
安详

《稻香湖》诗刊 2018 年第 4 期

出击

从远方飞来的子弹
总是那么出其不意
像一阵风，或是一场雨

一朵花，开在一些草或是树的枝杈之上
一些低处的花朵，总被一些弹头和血液
灼伤

他的身形，快如闪电，风和雨
以及雷声
都是他身后的一些随从

一面旗，在他的手里紧握着
他要冲上山的最高峰，并在那里
划出一道，与胜利同色的彩虹

《解放军报》2019.04.03

一条小溪流

在硝烟里钻出了深山的小溪
也匆匆向西。声音孱弱
但绝不是呻吟
一个腿部中了子弹的战士
沿着河流，去追赶部队
在风的眼里，他的每一步挪移
也是挺进

一条鱼，逐着踉踉跄跄的浪花
跟在他的身后，悉心地打捞着
那些无家可归的血水
像是一个，在追赶失主的好心人

《解放军文艺》2020 年第 12 期

一支钢枪的故乡

对于一支枪来说
它的一生，没有黑夜
即使身处夜的最深处
也会将自己
迸发成一簇焰火
或冷静成一枚明月

一朵梅花开了
也开在深夜。即使没有落雪
心事，也与枪的心事
一样洁白

站在正义的界碑之侧
所有持枪的人
都有故乡，供他们在深夜里
进行感怀

与持枪人的无眠不同
枪的故乡，是淬钢之火

与钢的再次重构

在生与死的边界

他们会义无反顾地

结合成捍卫的血流

并让所有的祥和与尊严

喷涌而出

《解放军报》2019.04.03

身份

凡是穿过这身军装的人
有谁不会从骨子里
崇敬这个节日
凡是握过钢枪的手
一到这个节日来临
有谁不会，将自己的右手
以五指并拢的形制
去找寻一个军礼标准的定位

无论是一只鹰，还是一群鹰
只要长着羽毛，翱翔于天际
它的责任，就是守护青山
守护养育着青山的所有丛林
像一个政党于一座江山
一面旗，便是这个日子所赋予的
唯一阵地

在这个节日里
谁都不能忘却，誓死
也要"为人民服务"的那一群人

无法忘却那悲愤的呐喊
以及忠贞的履痕
就像旗帜的红，需要花朵、风
以及鲜血
祥和与复兴，同样需要枪、需要子弹
需要翅膀，去驱散乌云

大地上，只要有庄稼需要播种
长天上，就必须得有飞行的忠诚
与它紧紧相随
我们需要和平，但和平
更需要捍卫
我们知道，我们的每一次出击或振翅
全都得益于热血和不屈的哺育
或嘹亮或凌厉
其元韵，无一不与
南昌城头的那一声枪响
——应对

我们是一支，在这个节日里出生的
手握钢铁的群体

在这个节日里，我们必须
亮出，献身的身份

原刊于《解放军报》2019.08.01，略作修改

雄鹰的生日

一只雄鹰，就是一座界碑
一座军营，就是一枚
固守版图的钢针
翱翔于蓝天，白云清洗着
我锋利的羽翼
我与江山对视
只有它，才能真正地记住：
"八一"——
由祖国母亲
赐予我终生为傲的
这一枚胎记

我在雷鸣中振翅
闪电，是为我庆生的烛光
我在乌云里穿行
黑暗，挡不住我的凌厉
和我的英勇
我借朝霞与晚霞的红
用饱蘸着炽爱的血，描绘
一面旗帜

以及一地高粱一般的收成

今天是我的生日啊
我们是一群战斗的鹰
面对夕阳的烛光
我许愿，但绝不会闭上
使命的眼睛——

黑夜里，我愿翅翼之下所有的灯
都是一颗又一颗
微笑着的星星
所有安卧着的群山，都是亲人们
甜梦里的身形
海浪欢跃啊，我愿
它们都是生活在祖国怀抱里的人们
一场又一场激情的锅庄
风啸松涧啊，我愿
那就是，我那些
依偎在版图之上的亲人们
一声又一声愉悦的欢唱

今天是我们的生日啊
我怀抱利剑，面朝云海
背倚苍穹
把要向世界亮出的名片

再一次，用忠诚来进行描红

为捍卫母亲和平的愿景

祖国，在今天

请您直呼"献身"或"冲锋"

——由您赐予我们的

这一对乳名

《中国民族报》2019.08.02

坚信

新年的钟声一旦响起
我坚信，这钟声传达的
不只是，春天将要抵达的消息
一朵蜡梅
和一树又一树蜡梅
在这钟声里，纷纷
含苞吐蕊
仿佛一列又一列的将士
和一群又一群的战机
正在此刻的雪原里
所进行的排兵、布阵
它们一朵接着一朵
沿着向上的枝杈生长
更像一个又一个
驭鹰的人，正昂首踏上
那一节又一节，由忠诚
和捍卫组成、并最终
抵达和平的钢梯……

此时此刻，所有的绽放和出发

都会让，依着一块雄鸡形状的版图

而享受着生活的人们坚信

一轮新的红日

将要在祖国的东方

以更加壮丽的姿态

喷薄而出，同时更加坚信

在新的一年里，那一群又一群

带着"八一"胎记的战鹰

终将以焰火一般的锐利

去刺穿那些

注定要失败的云翳

在新年的钟声响起的

这个时段里

我们这些闻号必动的

每一个戍人

都会将钟声里的每一个音节

解读成，冲锋或是献身

并与手里的钢枪，一起坚信

新年里的每一轮朝阳

一定会，将版图之中

的每一缕炊烟，每一尾谷穗

每一条山川，每一泓小溪

每一丝微笑，以及

所有的安逸

统统揽入，由强大和祥瑞
组成的一双臂弯里

具体来说，在被祖国赋予了
新时代、新航程这个元素的
新的一年里
坚信，就是我们
砺剑和飞行的终极目的——
用使命的蓓蕾
去履行，一枚硕果的征程
用翅翼的坚硬
来表述，捍卫的赤诚
让所有渴望翱翔的愿景
都能在一双
永不疲倦的翅膀之下
得以葱茏
将一座江山之上的
一草一木、一沙一石
复兴的梦想
还原于幸福的稳固
和尊严的屹立之中

《解放军报》2021.01.08

逆行，是热血与忠诚携手的一段航程

谁也不能否认，今年的冬天
比任何一个冬天，都要冷
对于逆行，你飞在天空
你与我都知道，在通往
幸福与祥和的途中
那是一座
被病魔占据了的主峰

虽然，在那里
我们看不到战火升腾
但我看到了那一拨又一拨
甘愿舍弃生命的冲锋
看到了冲锋之前的坚定
也看到了冲锋之中的牺牲
看到了，只有在战场上
才能看得到的，那一双又一双
被血丝充盈着的眼睛
看到一张又一张，布满了
累累伤痕的面孔
看到淌着鲜血的马蹄

看到了使命之手，高擎着
一面信仰的战旗
在强攻的体内迸发出的忠勇
让人们在病魔倒下的那一瞬
便能读得懂："献身！"
——所包含的所有的内容

你身着白衣，那是天使
圣洁的羽翼
军装与枪，被你裹在
热血洪流的正中
你在与死神搏斗
每一缕航迹，都带着翅膀
击穿云翳的啸声
被你守护着的那些同胞
以及和平是真实的
——如捍卫之中
你要拯救的那些生命

每当黑夜吞噬了光明
你便会踏上，逆行的征程
向光明前行
并导引着平安和重生
历经所有的安好和甜梦
最终，让祖国和人民坚信

所有美好的果实和愿景
一定生长在——
"为人民服务"的
战地的高峰

此刻，战斗仍在继续
逆行者的脚步，一刻也不停
唯愿：在鲜花遍野的
那个时节，我们还要一起
以一个军礼的制式
将一个政党对人民的深情
讲给祖国怀抱里的每一颗
金色的星星

　　《解放军报》2020.02.17，获 2021 年第九届"长征
文艺奖"

第六辑

擦枪的声音

鸭绿江啊，上甘岭
391高地啊，松骨峰……
你可还记得汹汹的烈焰之中
那个隐于草丛
一动不动的身影

鹰阵心中的至高之地

不是到了这个节日

才会将献身这两个字

进行重申

也不是见到了狼烟

才想起所要守护的故土

和亲人

本就是由镰刀和铁锤

缔造成的一支捍卫和平的鹰阵

冲锋和出击，才是这面

由纪念日而命名的旗帜

赋予我们的不二责任

在这个骄阳赤烈

万物葳蕤的八月

所有的希望和向往

无一不在检阅着这支

诞生于南昌

威武而光荣的鹰阵

正因为要守护崛起

就必须接受，从任何方向

侵袭而来的风雨

正因为要保护繁荣

就必须与战斗和牺牲

形影相随

并让自己所有的誓言和行动

与 93 年前南昌城头的

那一声枪响，——应对

于是，这个鹰阵中的每一只

雄鹰，翅翼凌厉、目光如隼

长啸若雷

并坚信正义的炮火

必将击破所有的乌云和觊觎

看吧！"八一"军旗红啊

红得就像钢炉之中奔涌着的铁水

并最终成为，每一只雄鹰

脸颊之上，一枚骄傲的胎记

并指引我们，誓将最后的

一滴热血，献给

至死不渝的信仰，以及

对一幅版图和所有人民的忠贞

让一座江山的巍然

最终屹立于，伟大复兴的

至高之地

《空军报》2020年8月 1 日，同日《学习强国》音频推送

秋阳下的战士

在十月，在如月光一样金黄的
大地之上，像我们的生命
将成熟于祖国赋予的事业
我们努力学习高粱
将自己的头颅，不断地上扬
更像秋阳之下的那些硕果
和所有可以结实成粮的穗
在一面红旗的乳汁里
尽情吮吸，能够滋养骨骼的养分
尽管，秋风如刀，一缕一缕地
在模仿期待收获的父亲和母亲
在他们的注视下
我与所有，一日一日都在成熟的
谷子一样努力
一层一层地，让磨砺
褪去体内所有的青涩和娇媚
让铮铮骨骼清晰可辨的脉络
来彰显无畏更深一层的本义

在十月，可以放下的事物很多

包括相守和团聚

唯有职责和献身

在战士的季节里，日积月累

全都会集结成更加葳蕤的忠贞

并与体内所有的血液和骨髓

一起，统统交到

一把钢枪的手心

在十月，在祖国母亲

期许的目光里

任何一个战士，都绝不会

像秋风一样

隐姓埋名于任意一片

需要捍卫的阵地

置身于枪林和遍地的收成之中

就像仰望着秋阳的那些庄稼

朝着粮食和果蔬的向度

再度纵深。并最终

在将祥和与腾飞进行凝聚的

进程中，找到粮食和英雄的

同一本质——

难时用以救命

平日用来养人

《解放军报》2020.10.03

兄弟

因住在营区之内，所有的快递
都要自己到东大门外集中寄取
在这一送一取的五年中，便结识了一名
名叫白银却生在山东，服务于
邮政快递的合同工
（刚开始，还以为他是甘肃人）

就在前两天，北京赶上了今年入夏以来
最强的那场暴雨
雨势稍缓的一天黄昏
我忽然收到了他的微信
问我能否到一趟东门？
我打着雨伞走出东门见到他时
他穿着雨衣站在雨里
他说：因为这场暴雨
公司怕邮件损失，所以他今天休息
在雨中，他一直向我道歉：
他说，今天没有我的快递
还让我冒雨出来一趟
心里实在是过意不去

我说：没事的，来都来了
你有话就说，没有关系……

那天，在雨中
他凝望着与他近在咫尺的军营
对我说，他是一名 1998 年退伍的
农村籍战士
最近听说南海和中印边境的情况吃紧
他在部队时是一名炮手
曾拿过两次军区比武的个人第一……
他跟我说这些话时
天上的雨，淅淅沥沥
仿佛他带着浓重方言的胶东口音
最后，他说："我知道您是首长，国家大事
一定比我知道的要及时。
我有一个请求，请首长您一定记在心里——
若有战，召必回！"
说完，给我敬了一个标准的军礼

他给我敬礼时，在雨中
脸膛黢黑，满手的裂纹
仿佛我们头顶上，那一层一层
厚厚的积云
我按照军人的礼仪给他还了一个军礼
并迅速放下了手中的雨伞

像风一样张开颤抖的双臂
和他紧紧地拥抱在了一起
在心底，一遍一遍地默唱：
"战友，战友，亲如兄弟……"

2020 年 8 月 31 日的黄昏
在祖国首都略偏西北的一座军营
大门之外，一个现役军官
紧紧地拥抱着一名
以送快递为生的退伍军人
我发现，每一滴从他身上
落下的雨水里，都充盈着一面
猎猎飘扬的
五星红旗……

原刊于《中国国防报》2020.09.14，此略作修改

在捍卫的骨头里种铁

在原本，已经硬得不能再硬的

骨头里，再种下铁

同时，也种下无畏和必胜

让本来就已热得不能再热的血

再去与烈火

和熔岩进行对接。鸭绿江上

一拨又一拨赤子

以肉身作针，在九月的北方

千重稻菽相送的阵列中

横跨愤怒的波浪

直面列强和豺狼

用义无反顾的悲壮

誓死，也要为祖国母亲

缝补好将要破碎的

版图的衣裳

从捍卫的角度出发

英雄，以一道山岭的秉性

为一个集体重新命名

用自己的一身血肉

重新填补一座山峰

应有的高度

用訇然倒地的长眠

置换撼天动地的傲然

上甘岭啊，上甘岭

无论是现在，还是曾经

即使是来自你身上的

任意一缕微风

也会让那些狰狞的魔鬼

厚颜失色，胆颤心惊

只要是正义的抗争

曾经的壮烈，必然

会生长成，通往辉煌之路上的

一盏明灯

遥想当年，多少次

天雨和弹雨都一样滂沱的鏖战

敌人的炮火让我们的阵地

水花四溅，火花四溅，血花四溅

有多少只凤凰，隐忍于烈火

又有多少个大义的胸膛

堵住了敌人罪恶的枪口

将一次又一次的挺进或坚守

全都凝结在胜利的主峰

当一个英雄，以一枚爆破筒的形制

撕裂了乌云重重的天空

英雄身后的母亲啊

隔岸凝望，抚涛无梦

用如江水一般不绝的热泪

浣洗出，本应属于和平脸上

那灿烂的笑容

而今七十年，弹指一瞬

江山锦绣，万物葳蕤

历史的烟云过处

一些身影，伫立在一条大江之畔

一些英魂，含笑于祥和与富庶

相依着的枝丛

我们在安享秋日馈赠的圆月之下

果香，时不时

就会来安抚充盈的粮仓

和从不休眠的营盘

当秋风，金黄的秋风

被秋阳用幸福的色调

又一次镀亮

饱满的谷穗和果实

像英雄一样，颔首人间

如果没有感恩和礼赞

人间将永远站在，人间的对岸

原刊于《人民武警报》2020.10.18、《诗刊》公众

号 2020.10.23，此略作修改

用使命焊接和平

七十年前，一场罪恶的大火
在隔着一湾江水的家园门前
被豺狼肆意点燃
一幅崭新的版图，又将
被侵略的子弹击穿
面对当头而来的国难
有哪一位儿女，能让
母亲脸上刚刚绽放的笑靥
被屈辱的泪水再度划伤
于是，一朵又一朵
雄姿赳赳的白云
英气昂昂地，跨过那条
被保家和卫国的烈火
掀起滔天巨浪的大江
他们气势若虹啊
仿佛秋天里，那遍布江山之上
高举着拳头的高粱

在十月，在红叶尽染
鲜血浸透的平原和山冈

他们纷纷扑向战火
像一群又一群，期待涅槃的
浴火的凤凰
他们前赴后继，生死两忘
更像一块又一块好铁
在战火淬炼的战场之膛
使自己的血肉之躯
努力成为一垛又一垛
能够构筑和平永固的
坚强之钢

那可是一场又一场
实力悬殊的生死较量
炮弹如雨，恶魔疯狂
一座又一座成为阵地的山峰
一次又一次，被敌人
一寸一寸，用炸弹削平
但英雄自有英雄的秉性
他们，硬是用
不屈的骨骼和捍卫的赤诚
一层一层地还原正义
那神圣的荣光

鸭绿江啊，上甘岭

391 高地啊，松骨峰……

你可还记得汹汹的烈焰之中

那个隐于草丛

一动不动的身影

你可还记得

那个岿然的胸脯

堵住了一挺

吐着魔鬼烈焰的枪孔

你可还记得，那用一捆

绑在一起的炸药包

以自己的肉身作为引信

与四十多个敌人同归于尽

从而守住了阵地的特级英雄

你是否还记得

用一枚子弹将伤口止血

又与敌人肉搏至死的

那个英烈……

而今七十年，时光荏苒

江山锦绣，山河如磐

历史的烟云过处

那些永生的身影

仍在装扮着一座江山的泰然

当秋风，以号角的形制

在七十年后的这个十月

又一次吹响

长空在倾听，江河在凝望

我们以战鹰的身份

已经展开了，可以击碎一切阴霾的

必胜的翅膀

只要是战旗所指的方向

我们都会像七十年前的他们一样

冲锋

并用自己仅有一次的生命

来置换祖国永久和平

原刊于《空军报》2020.10.21，此处有删改

冲锋

冲锋的号声，只能吹给
那些时时都在准备浴血的
英雄们去听
也只有这种声音
才足以点燃，他们体内
被无畏养大的那些血性
粉身碎骨的慨然
像一生，都在竭尽全力
向着太阳努力生长的那些青松
英雄一生的使命，就是
用自己有限的生命
去拯救和平，并让它
在自己热血的浇灌下
得以永生。正是因为
对信仰和正义的无限忠诚
他们甘愿，将自己的
每一根骨头，全都磨成
一刃又一刃，无坚不摧
所向无敌的刀锋

无论时代的风云如何翻涌

英雄，都在随时要去践行的

誓言里，一丝不苟地完成

那句献身的宿命。同时

也在用峰巅之上的傲然

来验证，一个冲锋者

对脚下所要守护的

这片土地的一往情深

在冲锋号声的召唤之下

一个个由钢铁铸成的身体

与同样由钢铁铸就的

子弹和枪一样，都在

不折不扣的凝聚之中

来传承从不屈服的血统

可为锤，也可为钉

可以粉碎，也可以固定

纵然是为了捍卫和平

化做一抔

微不足道的黄土

也会用信仰的坚定

将它们一一夯进

用以御敌的巍巍长城

《人民武警报》2021.03.21，第一段刊于人民日报
客户端

高原情

跑完了全副武装的
5公里越野
又做了100个俯卧撑
星星
已布满了天空

此刻，军营
醒着的，除了他
还有那些在哨位上
伫立的哨兵

在连队的洗漱间
冲了一个凉水澡
（连队配有电热水器
但他从来不用。包括严冬）
又挨个检查了各班的就寝状况后
这才上床，熄灯

与以往的每天晚上一样
他从枕头贴着床板的位置

摸出手机，打开微信
在一个以玉兰花
做为头像的对话框中写下：
"晚安，丽颖！"
然后，点击"发送"

丽颖，白姓
曾是他的爱人
6 年前，由于缺氧
殁于来队探亲的途中

《中国好诗》2021.01.08（第 98 期),《人民武警报》2021.02.07

来自十月的祝福

一切，来自于 1949 年的
那个金秋。一个政党
带领着一个渴望民主与和平的民族
将一面旗帜和一声宣告
高调地树上北京的一座城楼
红旗猎猎呵，白鸽子起舞
金风送爽呵，催香了稻菽
让养育了中华民族 5000 年的这方热土
被一声"站起来了"的宣言
重新植入了尊严的傲骨
当战机像雄鹰一样从城楼上空飞过
一座属于人民的江山，便从此奠定了
欣欣向荣的轮廓
也正是从这一天起，十月一日
便拥有了一个节日的身份
生活在这个节日里的人民
从此，也拥有了当家作主
这个无上的地位

我有幸啊，有幸成为

被这座江山呵护着的子民

安享她的滋养

安享她的哺育

安享她的江河

安享她的谷穗

同时，我也有幸成为她山峰之上

一枚专事瞭望的松针

并在日复一日的坚守中坚信

十月的阳光，一定能穿透

所有的乌云

以及乌云之后的那些觊觎

让捍卫收成与和平的信念

始终高于自己生命的本身

在十月，在十月所赋予的战位

我理所当然属于

将维护国家和人民的利益

当作唯一目标的鹰阵

在这十月的长空之上振翅

每一次跃升或是俯冲的翔迹

都不折不扣地遵循着——

"使命"二字书写的笔顺

沿一面旗帜的指引

用朝霞一般鲜红的赤诚，淬炼

捍卫"复兴"和"腾飞"的责任

在十月，在十月这个充盈着
欢庆和果香的节日里
一个战士，用一支钢枪的积极修辞
以青松对青山、战旗对党旗的忠贞
写下对祖国母亲祝福的诗句……

《空军报》2021.09.30

战士的十月

在一个战士的认知里
他所看到的十月
一定不完全是自然所赋予的那些
分量和色彩。让成熟与祥和
携手白头，是他与秋阳共同的职责
和终生的追求
于是，在还不是沙场的战位之上
他与所有的秋风一样
用自己的锐敏和热血
向所有的甜梦里输送果香
和稻香，还要用血脉的偾张
让青山庄严，江河流畅

在十月，在十月的每一处营地
所有的青松和磐石
都会被命名为担当和坚韧
当一园又一园硕果
与一些落叶靠着拥抱
来抵御雷电和冰雹的这个时刻

"向前，向前，向前……"的号令
和义无反顾的冲锋
像巨浪，激越礁石
像洪流，冲下山冈
被日日磨砺的忠勇，都会从战士体内
奔涌出献身的属性

在十月，秋风紧随挺进的队列
翻山越岭
誓死，也要亲眼去见证
一个战士，是如何用以命换命的方式
来换取人们心中所渴望的和平

《解放军报》2021.10.04

让新年的烟花像春花一样芬芳

是职责，赋予我们
一双翅膀的使命
于是，长空之下每一盏灯
都会成为心中一缕
从枪声深处
分娩出来的黎明
在阳光哺育下
走进月色或暗夜
在光芒开出的刀口上
淬取，所向披靡的刀锋

"祖国的利益重如山"
人民就是这崇山之中
无上的峰峦
我们是大山放飞的一群雄鹰
为捍卫尊严的神圣
甘愿流血，并义无反顾
去选择牺牲
正因为我们如大山一样坚信胜利
坚信任何霹雳，也压不住正义

那专事审判的枪声

所以我们理所当然，要在这个

被叫做新年的日子里

用战机的轰鸣

以及不容丝毫松懈的机警

在战位之上

将祥和——定格于一幅

与繁荣和昌盛相关的画卷之中

让烟花模拟春花

让发自内心的欢笑，预演胜利之后

那动人心弦的歌声

新年夜，扎根在祖国版图上的

每一座军营

在每一座军营每一名将士的心中

所有冲天而起的烟花

都像春花一样绚烂、芬芳

他们心中所有的想法，只有一个

就是要用自己的生命

换取更多的生命

去安享和平

《空军报》2022.01.01

春节的哨位

从 18 岁，穿上了军装至今
年年春节的那一枚朝阳
冲出山峰的那一刻
我都能够看到，一颗心脏
以一幅水墨的脉搏，开始跳跃
让我的头发带动着，我全身的
每一个细胞
全都化成了红的颜色

于是，我的祝福
便会跟着一缕轻烟奔跑
让时间和风，去尽情地拨动
一面战旗的骄傲
让经过身边的每一粒黄沙或是黄土
全都化成一行又一行
让大地安详的行书
然后，用苍鹰和白云的画面
将一座老屋以及檐下的眺望
定格为一个坚守的军姿
对养育之恩的一次反哺……

此刻，枪

就在我的手中紧握

就像是父亲手中紧握着的

那一把，靠着它活命的铁锹

子弹以警惕的姿态

在枪膛里卧倒

就像是父亲正在精心侍弄着的

那些种子

让我，热乎乎的心跳

和父亲的希冀一起

以心脏搏动的节律

温暖着，家乡的田野以及

在红旗注视下

那个挺拔的哨所

年年春节，在祖国的北方

在白雪铺就的山河之上

我与枪一起，就像是一丛禾苗或小草

在各自以双手丈量的行距里

将一幅雄鸡形的版图

植满，迎春的绿色

《天津日报》2022.02.10

所有战地，必将被鲜花占据

在一支钢枪的眼里
战场，是宽容的
可以让生死大事
进行自由搏击
允许冲锋、厮杀，匍匐或站立
允许呐喊，也允许
将牙齿咬出的血水
再经过牙齿，咽回肚里
允许血肉围绕主峰与钢铁对撞
允许一些露出骨茬的腿
或胳膊，向着胜利
与土地厮磨
然而，在一支钢枪的心中
战场更是一个
狭窄得近乎苛刻的喻体
只容胜利者的旗帜，像花
在这里盛开。像山野里的
春天，只容扎下根须的植物
像生活在这里的人一样生存
更像所有，曾在这里

绽放过的花蕾

从"胜利"这个境界出发
来进行比喻。在一支钢枪的认知里
战场又是一个真实且无形的题旨
在这里，它可以让一些死亡
完全摆脱被抽象束缚的牢笼
让那些曾经冲锋过的身影
形似苍松，郁郁厚重。一茬一茬
来增高，这些需要捍卫的巅峰

《解放军文艺》2022 年第 2 期

石头记

在加勒万河谷，风是锋利的
像刀。
削出刀锋一样的山峰
又一次一次，割开湖水
从不缺氧的喉咙
一些石头，在山峰
和风的刀刃上穿行
像星星，只在夜里放光
更多的时候，像月亮
高悬
成为石头的榜样

我没有登上过高原
没有在加勒万河谷
承接过一滴雨
或是一朵雪花的重负
但我比谁都清楚
加入这支必成钢铁的石头
构成的队伍
就得具有石头所有的

风骨以及操守

在风中，所有坚硬
如石头的英雄，纷纷用粉碎
将自己分身成为更多的石头
去抵御更多的刀锋
或磨出更加刻薄的刀口
正因为身在其中
我就得竭尽全力
将自己活成一座界碑
从而成为他们的替补

《解放军文艺》2022 年第 2 期

一个战士眼中的秋天

在一轮秋阳之下守护秋天
守护长在秋天里的每一颗
与自己一起经历过风雨的果实
和每一粒，与自己一样
成熟于磨砺的稻米
与此同时，他还与一枚红叶
一起，回忆一朵
绽放于春天里的花
是如何在春天之后的某一刻
最终成果
在一个战士的眼里
秋天，当然要归于收获
归于收获之后的辽阔
并始终坚信
播撒在秋天田野的每一缕秋阳
都会遍布于世界
被渴望富庶的祥和
——收藏

在深秋，正在擦枪的战士

如其他三季一样
一丝不苟
就像此刻所有的花朵
都在根须的最深处
谋划着来年
每一颗果实的前途

一些花，开在深秋
开在军营之外的田间或地头
虽然开得有些晚
但成为果实的本意
让它们与那些已然成果的果实相比
显得更加努力和刻苦

《解放军文艺》2022 年第 2 期

战神的肌体，没有皱纹

战斗间隙，将最后一颗子弹
压进枪膛的那一瞬
悬在头顶的太阳，莫名地
出现一层又一层光晕
就像秋天，在他的眼前
所呈现的
金子的颜色和质地

毕竟，季节就在秋天
稻香和果香，像正在突围的
那些士兵
在层层硝烟的围困中
仍要将战争的信息
传递给和平

虽说这只是一场演习
但每一个参演者心里
都在时时提醒自己：
必须彻底剥开
由战争处心积虑营造的画皮

这才是演习真正的目的
就像已退伍多年的那位连长
留在连队的那个名句—
演习不是演戏
任何一个远大的梦想，都绝不会
出现在真正的梦里

战争，永远都是在偶然之中发生
但所有的战神
必定都是无畏的化身
战神不死
战神的肌体
注定强壮、有力、无坚不摧
并且，通体上下，没有一丝皱纹

《解放军文艺》2022 年第 2 期

擦枪的声音

一些雪花还记得
它的凌厉
一些雨滴忘不了
它的温润
当一瓣槐花
与擦得锃亮的枪管
擦肩而过，去回馈
曾经生养它的土地
春天，在大地之上
才算真正站稳了脚跟

当所有稻菽的嫩芽
悉数破土
所有枝头的蓓蕾
——落花成实
秋天，已站在使命的最高处
将收获与祥和，以蓝图的方式
悉心绘制

此刻，一年四季

从未停歇的擦枪人
擦枪的声音
在他身边那些
期待花期的菊苗
和正在拔节的高粱的耳朵里
与母亲口中《摇篮曲》的调门
不差毫厘

《解放军文艺》2022 年第 2 期

冬天里的战马

按理说，战马的一年
不分四季。
像同驻军营的
它的主人
在他们的眼里
季节，是分给农田的
私有物品
也可以分给山花
以及陪伴山花绽放的
那些小溪

战马的责任
由它的名字所赋予
如果非要将它喻做农人
所有的骑兵，都可以
被它称做是田垄之上的
谷穗
战马一生驰骋在天空之下
战刀和钢枪
才是它渴望飞翔的

一对翅翼

雪原，沙砾，草地，荆棘
在每一匹战马的脚下
蓝天上的白云
才是冬天里战马的
真正行迹

《解放军文艺》2022 年第 2 期

在狼牙山

在狼牙山，那些
被山雨重新翻出来的
弹壳以及弹头
可以忽略
那些被泥土还原的
鲜血
可以忽略
那些被山林重新倒模的
断肢可以忽略
甚至，你也可以忽略那
被山谷重塑的
几颗头颅
但是，在狼牙山
那五个人的名字
我们必须记住

若江山是人
且要活命
有一吸，就必须
得有一呼

记住了他们
就像祖父，时不时
就要领着我们
去掸拂
族谱上的
那些尘土……

《人民武警报》2022.04.03

雨中

在雨中。我被无数的箭簇射击
一次一次。战袍褴褛
痛入骨髓。

我知道，这是你迟早都要还我的
那一些眼泪。
所以，在雨中，我不跑
不躲，不避。
像那次，在雨中，你离我而去。
像日子，周而复始，轮回
降临。

在雨中，我只做一个动作的隐喻

在雨中，我不时地用手
将那些不再昂扬的长发
一次又一次地抚慰
像一位旗手，抚慰一面
被弹片和飓风扯裂的
旗帜。

《人民武警报》2022.04.03

第七辑

战地写生

无论是花先开，还是雨先来
唯有在时光的枪林弹雨中穿过
并最终修成正果的那一些
才能在秋天的奖台上各得其所

关于超越的辩证

总也想不清楚，却总在想
如何才能，将日月
串成一串，像那些
被一枚一枚，按进弹夹的子弹

当一枚纸鸢，以鸟的方式
落下。我看见大地
颤抖了一下。也看到了河水
溅起了雨一样的泪花
与此同时，阳光不知道
是哪道被影子划出的伤痕
道出了人间，一段
近乎于绝情的感恩
譬如：献身

雨，已经停了很久
风，还可以再大一些
如果真想，用尘埃
将这段战壕，再一次复原
于没有开战之前

眼前那一片落叶
还在树上，在树身和远方之间
用留恋形成的
一截山峰，来支撑蓝天
或许一切，都是父亲那一声
无端的长叹
与一缕偶然吹来的风一起
吹干无畏或痛惜的汗液
还要将阻击的热血
以沸腾的模范
重塑一遍

其实，时光身边的一切
都是它在春天的田野里
所进行的分蘖
与祥和一样，依靠生命的更替
来进行自我超越……

我是日月眼中的一片叶或一枚花朵

由春风引领。所有的叶
和所有的花
都急匆匆，从茎的腹部或地下
奔向，属于自己的枝杈
当你听到鸟儿的欢鸣，闻到
从门缝里钻进来的土香
那就是它们赶路时的衣袂
携来的回声

我知道，此刻，梨花在赶路
杏花在赶路，桃花也在赶路
一切可以成果的花，都想赶在
一场春雨的前头，或紧跟在
一场春雨的身后，向着它们一生的
高地，在尽情地，奔走

无论是花先开，还是雨先来
唯有在时光的枪林弹雨中穿过
并最终修成正果的那一些
才能在秋天的奖台上各得其所

我在观看着花儿和叶子奔波
我知道，日月星辰
也正在以我看花的眼神
看着我

在春天，在一年四季的每一刻
只要钢枪在手，我就是
田野里一片绿色的叶子
或一枚葵花一样的花朵
尽我的一生，来装扮
一座营盘的葱茏
再用忠诚培育出的繁茂
去滋养，我的祖国

十月，一首关于桂花的歌

一首关于桂花的歌
还原了河水
应有的清澈
一面如朝阳鲜红的旗帜
在金色谷穗的映衬下
迎风猎猎

这是红色的十月
柿子红了，苹果红了
山楂红了
就连整个季节
全都红成了旗帜的颜色
白鸽子的翅翼
被收获染红
所有与安详有关的成语
都在战士的心中与血一起集结
排成警惕和忠诚的队形
让枪、桂树以及桂花
向祖国表白

在十月，所有成熟的果实
与桂花的香一起
日夜装扮着我们
这个拥有了尊严的
季节

看着落叶，想起了子弹

树，如枪一样
让树叶
像子弹一样飞

是谁的手指
扣动了树的扳机

战士枪里的子弹
落地，让正义
像粮食或青松一样
生根屹立
秋天的树叶儿入土
供养着日月四季

其实，人在军营
我们都是祖国的一粒子弹
或一片树叶
版图上的每一寸土地
都是我们生命之中
永恒的高地

子弹

要么沉默

要么飞翔

飞翔，是我命中注定的

没有返程的远航

沉默着，就像是一棵树一样

要么屹立

要么被做成火种

或是

一张让思想或身体休憩的床

无论，选择哪一种方式

高尚

都在自己的生命里

营造辉煌

自从诞生的那一刻起

就在年轮里写满支撑自己一生的理想：

用三分的头颅

去终结所有的觊觎或图谋

留下七分身躯

来守护

培育粮食和鲜花的

那些热土……

战士的秋天

纵然是黄叶飞扬

战士的目光

始终，定格于

绿色的方向

即便，脚下踩着的

是皑皑白雪

漫山的鲜花

仍然在他的心中绽放

战士的秋天

总与父亲守着的一年四季相关

春播与秋收

夏雨与冬闲

在一粒子弹和一支钢枪的瞳孔中

战士，是它一年之中

永恒的风景……

动车穿过清明的花海

今年的清明
动车，要将我从北京拉到南京

一路上，我看见了许多
将自己站成了墓碑的人
所有的鲜花
全是被他们点亮的火炬
所有的绿草
全都是被这些火炬
引燃的星辰
露珠如眸
凝视着他们所规划的生活

一路上，动车风驰电掣
像鸟一样掠过
他们战斗过的山峦以及大河
最终，又将他们悉数埋掉
动车飞快，但我还是看见了
他们灿烂的微笑

我和列车上的人，都是
微笑着的花朵里
正在发育着的一枚枚青果
期待着丰腴期待着饱满
期待着后人们
在深秋的某一轮月下
将我们收获
滋养思想如泥土一样丰厚
与碑一起，长成来年的山河

在光山散记一些与红军有关的事情

4月19日，应中央电视台"忆红军，寻红旅"10集纪念红军长征胜利80周年系列节目摄制组的邀请，有幸陪同朱德元帅嫡孙朱和平将军来到了光山，来到了这片蕴育了红四方面军、红二十五军、红二十八军的热土，随行随感，结句为诗，以慰英灵。

—— 题记

1. 决定从北京到光山去

在确定为什么要去光山之前
首先，我确定了这片土地成分的组成

那些年，光山以北，光山以南
光山以西，光山以东。
那时的北方，没有日出。那时的南方
丢失了星星。
西方的雨勾结东方的河流
将所有的温暖以及光明，全部掳走，全都注入了
压迫的冰层。

那些年，光山的朝阳和夕阳
用它们特有的颜色
将一方热土彻底烧透
也将一块被泪水漂白了的粗布
彻底染红
一群人，将五谷的种子，捧上旗帜
以星星的形状和向度
将一个主义，举到了头颅以上的
高处

那一年，有红色的火苗
自光山的地心喷涌
所有的土以及种子，都想着
出征……

2. 从北京到光山的途中

乘坐 G65 次列车，从北京西到信阳东
用了 4 小时 8 分钟
乘汽车从信阳东到光山县城，走高速
用了 1 小时 16 分钟
所有的这些时间，都是他们给的
所有往身后闪过的花草以及树
应该都是他们的身影

3. 在光山拜谒红军先烈

也许是他们知道我来了
一只喜鹊，两只喜鹊，三只喜鹊
一群又一群的喜鹊
站在绿色的山头，声声唤我

在光山的五虎岔羊，在光山的斛山寨
在光山的徐畈，在光山的花山寨
在光山的王大湾……
站在光山的每一寸土地上
烈士的身份，全都被安详的日子
——指证。

4. 写于光山"邓颖超祖居"

只因 4 月 19 日那一天的那一场雨
这个院子里的竹林
比起前一天，显得更加青翠
让一塘碧水，注视一园的月季，倚墙而立
在这个雨后的春天
一只蝴蝶，在这个院子里翩翩起飞
让一件打有补丁的衬衣
时不时地，就从一间老屋里，溢出
沁脾醒心的体温

如果此刻有春风拂过，会有谁听不到
一粒骨灰
育山填海时，那振聋发聩的声音……

5. 写于光山县烈士陵园的一座墓前

只是一门心思，要过那道坎
翻那座山
明知，那是一片岩
自己，只是一滴水
却坚信，身后
有无数与自己一样的
水滴

明知道，腥风以及血雨
不可规避
还是做了一双翅膀
去拨，蔽日的
乌云

是一粒尘土的觉悟
成就了一座江山的
屹立
是一群，长在江山崖头

的人，在初春
这个日子里，挺身而出
把"先烈"这个词汇
认作，自己的
名字……

6. 从红军长征的出发地返回北京天安门

乘汽车再坐高铁，从光山到北京
1250 公里。正好是红军长征
十分之一的路程。
但我知道，有一些先烈，在光山
并没有出发。在队伍出发的那个夜晚
他们便走完了自己的一生。

今晚，我要告别光山，回到北京
注定了又要将来路重走一程
跟我走吧，让我们一起在北京的西客站下车
沿长安街往东，站在那座伟人挥手的
城楼下面
将光山的阳光以及风
讲给版图之上的每一颗星星
以及每一盏，仍还亮着的灯……

英雄的来路

无论多么偶然
那些花，一定会绽放于
群山之巅

纵然巧合的枝杈，将一场雨
聚集或分割
河的走向，决不会偏离
那蔚蓝的广阔

身处阴霾或暗夜设计的
陷阱，无论吸进肺里的
是多么肮脏或不堪
纵然细若游丝，一触即断
但呼出的，一定是
对光明的拓展

其实，英雄
在没有成为英雄之前
一直生存在无闻之中
与你我一样，隐于平日
一声不吭

过命弟兄

要去追寻光明，黑暗就注定了
要与前进相随
就像胜利，必须得有敌人

为了一些果，能在秋天完成
养育的使命。一些花，就必须提前
进入滋润的土层

春风和秋风，是一对可以过命的战友
在孕育和收割的当口
彼此，可以互换头颅

我的战马

我的战马，由春天的一粒种子
养大
只要春风一刮，它就会
在春天的最高处
一跃而下
它是正义与捍卫的儿子
它啸聚长风，并能
在寒风料峭的世间
唤醒所有繁花

一个战士的心愿

我是一名战士，我双手
端枪，两肋别刀
身上除了伤口，还有
能为我疗伤的一些弹药
此生，我只能向前，并且
必须义无反顾
无论我的面前，是一条大河
还是一道鸿沟
无论身旁，簇拥着的
鲜花，是盛开
还是零落。我惟愿
没有落下的那一些，都能
成果
就像面对那些飞来的子弹
或是扑来的横刀
也无论是死，还是活着
我都坚信，身后的
那些战友，一定会在
这片被战火灼伤的大地上
种出养人的粮食
也会植下悦目的花草

对于一枚子弹的定义

如果，非要将子弹比喻成
一粒种子
那么，它的边缘
必须如花
像来自泥土终又归于泥土的
那一滴雨
自血肉而来，就要
归于血肉。

从飞出了枪膛的那一瞬起
露珠，才正式开始对大地
哺乳
正义和罪恶，爱恨与情仇
在同一个空间里
被嫁接成时光的枝杈
像风吹沙走
也像一座山的巅峰，被一粒尘埃
再添高度

军事演习

明明知道，山的顶端

什么都没有

仍还一个接着一个

去冲

像那只

明知没有猎物的鹰

翱翔在长空

从山的这一面冲上去

迎着风

山的另一面

风更大

刃更利

利过敌人

穷其一生

磨就的刀锋

决战前夕

据参加过那次战役的一些人亲口诉说
那一刻
天气，出奇的好
天气晴朗，微风轻拂
四野鸟鸣，人间祥和

战斗打响之前，一个将军，用一张旧棉纸
精心地在卷着一支锥形香烟
并且恰到好处地，在锥尖处
收口

将军，用他左手上那两根最有力的指头
将香烟
一点一点地
靠近唇边
右手上的那根火柴点着了香烟的那个时候
一个清明的世界，开始于
一团烟雾。

在遵义煮酒

对于我来说，今夜的遵义
还是当年那位
与我端酒过命的兄弟

所有来自天上的水
一次又一次，灼伤
被争吵，磨破了的嘴唇

酒，沾在衣襟之上
与灌进肚子里的那一些
推心置腹

今夜，在遵义煮酒
煮酒的干柴，性子
如酒一样，刚烈

猎猎的火苗，不住地转换角度
隔着铜壶的天空
让烈酒，沸腾

天亮时，雨，停了。
酒，在火的烧灼中，再一次
漫过了壶身

这一次，我和遵义也与火
融为了一体。像那支将要开拔的队伍
对使命的，一次默许

亲情

就为了一枚军功章，被孙子
拿去换糖
温和了半辈子的爷爷
竟然动手，扇了孙子
两个耳光

当别人将儿媳妇
在背地里的埋怨
一五一十地学给他时
他竟像被他打哭的孙子一样
泪水横淌
他说，那枚军功章
属于在战场上，为了保护他
而牺牲的
那位连长

战地写生

1

也不管有没有水
一朵又一朵野花，在战地
年年重生。像这里
一茬又一茬
在骨子里，蔑视战争
的士兵

2

即使在冬天，倒下去
战地上的那些草
只要春风一吹，它们就会
在一刹那间，纷纷站立
多像我那些守土的战友
只有大地知道
他们的底细
和来历

3

每一场战斗的间隙
每一个活着的人
都找不到一个形象的词语
像庙宇。找不到一句
适合跪拜的话，能使回头
来普渡所有的落花

4

风吹沙走，像一支出征
或凯旋的队伍
夕阳。静默在西山头顶的
那条路口，像一枚静默的子弹
堵住了，黑夜的
退路

5

朝霞若血
铺天而来
昨晚被打落的太阳
在我们的身后
又爬上了山头

6

通往阵地的路上
马蹄的印迹
还没有被雨水冲去
却又蓄满了血水
敌人要冲上来
我们要将敌人压下去

风向虽然不定
但弹片，一直
来自天际

在我们的面前，除了敌人
还有风雨

7

枪，也可以是一棵树
落下子弹的叶子
长出蓓蕾的头颅